君に何度も恋をする

目次

君に何度も恋をする

1

——失恋したわけではなく、心には大好きな気持ちがあっても、何も行動を起こさなかった、という話。

「いつまでも、いつまでも、私の心の中だけに、あなたがいる……これって、もっと文章をスマートにできますかね？」

同僚で大先輩の山本愛子《やまもとあいこ》に問いかけると、自分と同じく眼鏡をかけた彼女は、赤字だらけの紙をジッと見る。

「……そうね……いつまでも、いつまでも、は表現の繰り返しだけど、敢えてかどうか確認して。あと、私の心の中だけに、じゃなくて私の心の中に、でもいいよね？　赤字を入れてＯＫかどうか聞いてみたら？」

珠莉《じゅり》は明倫社《めいりんしゃ》という出版社の校閲部門で働いているが、人の文章に手を入れる仕事は未だに迷うことが多い。

「そうですね……そうします」

うんうん、と頷いていると、山本が顔を覗き込んでくる。

「珠莉ちゃん、今日はお化粧ちゃんとして行かないとね！　朝一番で楽しみって言ってたもんね」

古川《こがわ》珠莉は普段そんなにメイクをしない。日焼け止めとファンデーション、血色がよくなる程度の薄いチークとリップ、あとはほんの少し目元にハイライトを入れるだけ。

ハイライトの反射でそばかすを飛ばしているのだ。

「いや、でもいつものメンバーで会うだけだから」

「だって、あの色気のあるイケメンも来るんでしょ？　元カレの野上玲《のがみれい》君。会うのは久しぶりじゃない？」

うふふ、と頬を染めて笑う山本の方が、楽しみにしているような表情をしている。

一年に一回、海外勤務をしている玲が日本に帰ってきたタイミングで、友人四人で集まりオシャレな居酒屋で飲み会をする。彼は仕事で帰ってきてるので、二泊ほどしたらすぐにまた勤務先の海外へ戻ってしまうのだ。

「ええ、まぁ……でも今はもう、友達っていうか……二人きりになっても何もないですし、何よりも玲……野上さんは結婚してますから……」

玲は色気のある端整な顔立ちをした男だ。初めて会った時、一目見ただけでドキドキしてしまったほどで、直視できなかったのを覚えている。

今ですら、久しぶりに会うとそうなる。スーツの時など途端に色気が増して……と、彼のことを思い出すだけでため息が出そうだ。

そんな相手と、一年にも満たない間ではあるが自分が付き合っていた事実を、今も奇跡のように感じる。

当時は大学を卒業したてで、早生まれのため二十二歳になったばかりの珠莉は、はっきり言って地味だったと思う。

オシャレなんて気恥ずかしくてできなかった。お化粧をすると、なんだか全然違う顔になるから違和感しかない。眼鏡からコンタクトに変えることも、落ち着かなくてできなかった。

薄い化粧と眼鏡の珠莉は、素朴と言えば聞こえはいいが、やっぱり地味に変わりない。

それなのに、出会った時の玲は、隣にいた美人の友人ではなく、珠莉のことをジッと見ていた。目が合うと微かに笑った彼の顔を、今も鮮明に覚えている。

「あの色気のある人が結婚しているなんて。まぁ、だからいいのかなぁ……あの存在は罪よねぇ」

山本の言う通り、彼は結婚しているからいいのだろう。

どんなに素敵でも、結婚している人。彼は決して女遊びをするタイプではないし、真面目な人だから、妻以外とどうにかなることもない。

「彼、今日も迎えに来るの？」

玲はいつものメンバーで会う日は、必ず会社まで珠莉を迎えに来る。退社すると会社のロビーで待っているから、なんとなく面映《おもは》ゆい気持ちになるのだ。

「えっと……はい。連絡があったので、六時にはロビーにいると思います」

彼と別れて、もう六年。

当時、明論社に就職したばかりの珠莉は、希望した部署に配属されたけれど、要領も勝手もなかなか掴めなかった。仕事としての校正も校閲も初めてで、毎日一生懸命やっているつもりでも、全然上手くいっている感じがなかった。そんな中、作者の先生を怒らせてしまい、精神的にも参っていたように思う。けれど、仕事は待ってくれなくて、全てがいっぱいいっぱいだった。

そんな時、フランスへ転勤が決まった彼からプロポーズをされた。とにかく驚いたし、結婚することにも海外で生活をすることにも自信が持てなかった。

何より珠莉は、仕事を辞めたくなかったし、もっときちんと仕事ができるようになりたいという気持ちが強かった。だから、彼のプロポーズを断ったのだけれど、それと同時に玲との付き合いをダメにしてしまったわけだ。

玲とは正確には七ヶ月付き合っていた。嫌いで別れたのではなく、きっと、お互いにタイミングが悪かったのだと思う。

あの時は、何もかもが上手くいかず、自分の心すら相手にきちんと伝えられなかった。もしも今、あの時に戻れるのなら、遠距離恋愛を選んでいたかもしれない。

しかし、あんなに精神的に参っていた自分に、そんなことができたかは怪しいものだ。

別れてからも、玲とは一年に一回は会って話をするし、いつものメンバーで飲み会をした翌日、誘われてランチに行くこともあった。

自分と別れてすぐに結婚したと聞いた時は、精神的にも参っていたから酷く落ち込んだ。別れたことを後悔して泣いたりもしたけれど、いつものメンバーの一人である新川正広《あらかわまさひろ》から見せてもらった彼の結婚相手は、美人で背も高く、思わず納得してしまうほど玲とお似合いだった。

玲の妻の写真を見た時、やっぱり自分と玲とは縁がなかったのだと思い知った。

そして同時に、彼への未練を断ち切るいいきっかけとなったと思う。

「いいなぁ……目の保養に私も一目見たいところだけど、今日中にコレを終わらせないといけないのよ。じゃないと、明日、確認に行けないしねー……」

酷く残念そうに言った山本に苦笑し、でも、そう思うだけのことはあると内心で頷く。

珠莉だって、人生においてあれほど容姿端麗ですごい男性が彼氏だったなんて、未だに奇跡だと思っている。

何しろ、野上玲という男は、都市銀行系列の大手証券会社に勤め、高学歴で高収入、税理士と公認会計士など国家資格を多数持ち、語学に堪能で超スピード出世中のエリートなのだ。

きっと今日も、見ただけでドキドキするのだろうな、と思いながら、珠莉は目の前の原稿に集中するのだった。

☆

珠莉は時間通りに仕事を終え、午後六時にロビーで待ち合わせをしている玲のことを思い出した。

「化粧直しくらいはしようかな……」

山本から言われたからというわけではないが、もうそれなりの年齢だし、きちんとしていこうと思った。

会うのはいつものメンバーだから、あまり気にしないとは思うけれど。

いつものメンバーというのは、大学時代からの友達の新川美優紀《みゆき》、その夫で銀行員の新川正広。そして玲と珠莉だ。

この四人の出会いは、美優紀と珠莉が大学を卒業したてで、まだお互いに会社の仕事に慣れていない頃。

休日に海に出かけたものの、泳ぎもせずに二人してボーッと海を眺めて他愛もない話をしていた。そんな時、正広と玲に声をかけられたのだ。

それからの付き合いで、その後、珠莉は玲と交際して別れ、美優紀は正広と結婚した。人の出会いというのは、どこで何があるかわからない。

数年前のことを反芻《はんすう》しながら、大きくため息をつく。

とりあえず化粧室に行って、崩れかけているファンデーションを塗り直し、ハイライトを軽く入れて、できるだけ薄くチークを塗った。

「やっぱりお化粧も、もう少しちゃんとできた方がいいよね……」

もう二十九になるのだから、顔色をよくするためにも化粧の仕方をもっと覚えた方がよさそうだ。今度、時間を作ってもらって美優紀と一緒に化粧品を買いに行こう。

鏡に映る自分は、可もなく不可もない。ただ、玲と出会った頃よりは、社会人として経験を重ねた分、大人になったように思う。

ここ二年ほど、彼と会う時は、いつも考えてしまうこと。

「私の取り柄と言ったら、毎日しっかり仕事をして、堅実な暮らしをしていることくらいかなぁ……」

再度鏡を見て、相変わらず普通の顔だと思いながら、化粧ポーチをバッグにしまった。

約束の時間の六時になり、珠莉はロビーに向かう。打ち合わせをしている出版関係者もいる中、すぐに玲を見つけることができた。

仕事帰りに直接来たのだろう、背の高いスタイルのいい身体に紺色のビジネススーツがよく似合っている。もともと色気のある彼は、スーツを着ると特にそれが増す。

スマホを操作していた彼が顔を上げた。すぐに見つけたと言わんばかりに珠莉を見つめ、端整な顔に微笑みを浮かべる。

玲は目元がはっきりとしている。瞳も大きく、キリッとした雰囲気があった。

スマホをスーツの内ポケットに入れ、珠莉の方へ歩いてくる。やっぱり直視ができないな、と思いながら珠莉は軽く手を振った。

「珠莉」

低く甘い声に名前を呼ばれて、ドキッとする。

「久しぶり、元気だった？」

「あ……はい、久しぶりです、野上さん」

彼と会うのは、一年ぶりだった。

打ち合わせをしている人たちがこちらを見ているのに気付き、珠莉は笑みを浮かべて彼に会社の出入り口を指さした。

「遅れるといけないから、行きましょうか」

微かに笑って頷いた玲と、一緒に会社を出る。

道に出たところで、珠莉は玲に言った。

「恥ずかしいから、もう会社に迎えに来るのやめません？」

「恥ずかしいって、何が？」

顔も身体もイイから目立つんですよ、と心の中で呟き、ため息をつく。

「野上さんはイケメンだし、私みたいなフツーの女子を迎えに来るような感じじゃないんです。それに、それぞれ個人で集合した方が手間が省《はぶ》けるでしょう？」

歩きながら、ちらりと上を見上げると、玲はただ微笑んでいた。

「珠莉も可愛いよ？」

「そんなこと言うのは、野上さんだけ。奥さんがいるんだから、やめてください。とにかく野上さんはいるだけで目立つし、私が居たたまれなくなっちゃう」

ずっと見ていられず珠莉は顔を下に向ける。

中高の頃からスカウトもされていたらしいし、大学時代はモデルのバイトもしていたと聞いている。今でも、イイ感じに細身で締まった身体をしているから、スーツがよく似合う。

これから会う新川美優紀なんて、玲のお尻がキュッと上がっているのが好きだと、冗談めかしてセクハラっぽく触るくらいなのだ。

「そうかな……ところで珠莉、前も言ったと思うけど、野上じゃなくて玲って呼ぶのはダメなのか？」

玲とは一年に満たない程度しか付き合っていないし、別れてすでに六年が経とうとしている。何より妻のいる相手をいつまでも下の名前で呼ぶのはよくないと、呼び方を改めたのだ。

「そもそも！　そういう呼び捨てにする関係は、ずっと前に解消しています」

玲とは決して無関係とは言えないが、別れたあとも、元カレとこんな風に会い続けること自体、あまりよろしくないだろう。

「迎えに行くのは、迷惑?」

顔を見ながらそう言われたので、迷惑なことなんてないが、きちんと一線は引きたいと思う。

「私を迎えに来るような関係ではないと、そう思うんですけど……違いますか?」

はっきり言うと、玲は考えるように上を見て、それから珠莉に視線を移す。

「関係も何もないよね? 珠莉は俺のこと、友達か……それ以下くらいにしか思ってないだろう。だから……いけなかった?」

友達というか、ただ年に一回か多くて二回会うだけの、元カレだ。でも、玲は珠莉のことを友達と思っているのだろうか。そのことに、なぜか胸がチクリとする。

チクリどころか、なんだかモヤモヤしてきた。

元カレの玲がこうして堂々と珠莉の会社まで迎えに来るのは、自分をバカにしているようにしか思えない。

どうせ今も彼氏なんていないんだろう、という体《てい》で迎えに来ているのだとしたら、すごく嫌だ。

「野上さんは、私にとって友達でもなんでもないです。ただの元カレです。元カレを友達にできるほど私は器用じゃないし、あなたみたいな人と連れ立って歩けるほど美人でもないから……迎えに来ないでほしいだけです」

それに、と目的の場所へと歩きながら早口で言う。

「野上さんには、美人でスタイルのいいお似合いの奥さんがいるでしょう? 既婚者がなんの関係もないとはいえ、日本に帰国するたびに独身の女性を迎えに来るのは、浮気と勘違いされるかもしれないし、そう思われるのも嫌です」

玲と別れて六年。珠莉は来年の二月で三十歳になる。

最近はそろそろ、結婚も考えようと思っていた。それは少し離れた場所で暮らす母の身体の具合がよくないからだ。父を病気で亡くしているため、早く母を安心させてあげなければならない。

二十代最後の珠莉にとって、今年は人生の節目なのかもしれない。だから、玲とは無関係で生きていきたいと、今日が近づくにつれ思っていた。

玲と会うと昔に気持ちが引っ張られる。それに、彼は何もかもがイイ男すぎて、無意識に比べてしまい他の男性と付き合う気になれない。

でも本気で結婚を考えるなら、彼とは離れ、もう会わないようにするべきだ。

「それなんだけど……その、性格の不一致、でね」

あと数歩でいつも飲み会をする洋風居酒屋に着くというところで立ち止まった玲は、髪の毛を掻き上げ大きく息を吐いた。

「先日、離婚が成立した。それより、まさか珠莉がそんな風に思っていたとは気付かなくて、申し訳なかった。嫌だったとは思いもしなくて」

背が高い彼が、頭を下げるのを見て、珠莉はちょっと焦った。

「そんな、頭を下げるほどのことでは……あれ？　今、離婚って言った？」

玲は少しばつが悪そうに、額に手を当てた。

「今日はそれを伝えるつもりだった……二人が来る前だけど……日本にポストが空《あ》いて、こちらに戻ってくることになった。そのタイミングで、妻と別れた」

何それ、と言いたくなってしまう気持ちをとりあえず呑み込んだ。

ポストってなんだろうか。もともと、海外勤務を長くしていたし、仕事のことを詳しく聞いたことはなかった。だがもしかして、野上玲という人は、自分が思っている以上に、ものすごく優秀な人なのかもしれないと考える。

「あの……どうして？　フランスに行ってすぐに結婚したから、それほどすごく好きになった人と結婚したんだと思ってました。写真で見せてもらった奥さんはとても綺麗だったし、一気に気持ちが燃え上がったのかと」

彼はフランス勤務になった数ヶ月後に結婚したと、美優紀から聞いた。そうなのか、とショックを受けたのは、別れる前に珠莉も結婚を申し込まれていたからだ。

だからきっと、すごくいい人が現れて、すぐに好きになって、その気持ちが燃え上がって、スピード結婚したのだろうと思っていた。

「君と別れたあとで、どうして燃え上がるって思うのかわからないな……」

玲はため息をつきながらそう言って、今度は頭を掻く。短い期間だったとはいえ、確かに玲と珠莉は付き合っていた。それも、交際を申し込んだのは玲の方からだ。

その時の珠莉は、男性と付き合ったことがなかった。もともと母と二人暮らしで、高校からは女子高で、大学も女子大学。男の人に免疫がなかった。

だから、出会ってすぐ彼から告白された時も、ものすごい勢いで断った。なのに、なぜか色気のある年上のイケメンに押しに押されて付き合うようになり、プロポーズまでされた。

「妻とは……もう何年も前から関係が冷え切っていた。気持ちが燃え上がって結婚したわけじゃないけど、好きだったよ。だけど……結局は性格と生活の不一致……離婚の原因はそこにあるかな」

額を覆っていた手を首筋にやり、珠莉を見る玲の視線に、ドキッとしてしまう。時折流し目みたいに見てくるから困る。玲の目は形が綺麗で色気があるから、本当にやめてほしい。

玲が結婚した時、実はとても傷付いた。

自分のことで精いっぱいで彼のプロポーズを断ったのは珠莉だけど、どうして別の人と結婚してしまったのだ、という思いがあった。

それからしばらくは、なかなか気持ちの整理がつかなかったくらいだ。

六年経った今は、玲が既婚者であることをきちんと受け入れ、もう彼への思いはすっかり断ち切ったつもりでいた。

なのになんで、今更そんな熱のこもった目で見つめてくるのか。いたずらに私の心を騒がせないでくれ、と思う。

「職場に迎えに行くことは配慮がなくて……ごめん、珠莉」

「……一年に一回のことだから、嫌とは言えなかっただけです。私も、強く言いすぎて、すみませんでした、野上さん」

動揺を抑えて謝罪の言葉を口にした珠莉を、彼はなんだかもの言いたげな目で見つめてきた。

「なんですか？」

彼はすぐにクスッと笑って、それから視線を珠莉の後ろに向けた。

「ごめん、ごめん、遅れたー！」

後ろから正広の声が聞こえた。玲は軽く手を振って正広に応《こた》えており、珠莉が後ろを見ると、満面の笑みを浮かべた正広と、その妻の美優紀がいた。

きっと仕事終わりに夫婦で待ち合わせて、一緒にここまで来たのだろう。

「遅れたって言っても、五分くらいだ」

玲がそう言って、いつもの魅力的な笑みを浮かべる。美優紀はその顔をジッと見て、微笑んだ。

「野上さん、いつもカッコイイ」

人差し指と親指を交差してキュンマークを作る美優紀に、玲は首を傾げた。

「え？　何それ……」

玲はカッコイイとかイケメンなどのワードは昔から言われ慣れているのか、スルーする。玲ほどの男になると、どんなに容姿を褒《ほ》められても響かないんだろうな、と思ってしまう。

それより、しばらく日本に住んでいなかったから、キュンマークがわからないのかもしれない。

「店入ろうよ？　俺、お腹空《す》いた！」

正広がお腹を撫でさするのを見て、玲は俺も、と言った。

「久しぶりね、珠莉。って言っても、一ヶ月前に会ったかぁ」

ふふ、と笑う美優紀も相変わらず美人だった。正広と二人で並ぶのを見ると、ああ夫婦なんだなぁ、という雰囲気がある。

二人に子供はいないが、そろそろ、と思っているらしい。

先に玲と正広が店に入って、次に美優紀と珠莉が中に入る。

出会った頃から変わらない店を、いつも新川の名前で正広が予約してくれた。一年に一回、恒例の飲み会だ。

珠莉は、スッとして男らしい玲の背中から目を逸らす。

たとえ玲が離婚したとしても、自分と彼との関係は変わらない。

彼は、元カレだ。この先も、彼とどうこうなることはない。

珠莉は自分に言い聞かせるように、心の中で何度も呟いた。

この先、誰かと結婚したら、きっと玲を思い出して気持ちを揺らすこともなくなる。

早くそういう人を見つけなければと思いながら、珠莉は店に入るのだった。

2

美優紀とは割と頻繁《ひんぱん》に会っているが、彼女の夫、正広とは数ヶ月ぶりに顔を合わせた。

案内された席に着きながら、珠莉は内心で首を傾げた。

いつものメンバーで集まる時、珠莉の隣に座るのはたいてい美優紀だった。しかし、なぜか今日は玲が珠莉の隣の席に座った。

けれど、そう思っているのは珠莉だけで、正広も美優紀も、特に気にする様子もなく、いつもの調子で話をしている。だから珠莉も気にしないことにした。

久しぶりの飲み会は楽しく、会話も弾む。だが、話題が玲の離婚になった時、すでに正広も美優紀も知っていて、知らなかったのは珠莉だけだった。

自分だけが知らされてなかったのかと聞くと、首を振った正広から「前に離婚するかもしれないって聞いてたから」と返ってきた。

さっき玲が言っていた離婚の理由について再び聞くが、あまり耳に入ってこない。珠莉はただ、いつも着けていた銀色の指輪のない彼の左手の薬指を見ていた。

そんな中、彼がすでに日本に帰国していること、荷物を先に出したから生活に必要なものは新居で受け取っていることを知った。

有休を使って荷解きをすると聞いた正広が、手伝いに行くと申し出る。

「あ、じゃあ、私も手伝うよ！　明日ちょうど休みだし……珠莉も行くよね？」

「えっ⁉」

嬉々《きき》として手を挙げた美優紀が、珠莉にも声をかけてくる。

なんで自分に振るんだと思った。流れで声をかけてくれたのだとわかるが、さすがに玲の荷解きを手伝いに行くなんてとんでもないと思った。

「えっと……私は、今、仕事が押してるから、なー……」

やんわりと断りを入れると、隣にいる玲がクスッと笑う。

「仕事は順調？」

聞かれて、珠莉は頷き、できるだけ自然に笑った。

「おかげさまで順調です。最初は丁寧にやりすぎて大変だったけど、今は校正に求められるものが何か、だいぶわかってきたから、大丈夫」

そもそも、玲と別れた理由は、もっと仕事をきちんとやりたい気持ちがあったからだ。校正者として経験も積みたかった。

別れる時に、仕事をもっと頑張りたいと言ったので、順調かどうか聞いてくるのは当たり前だ。

「そうか、ならよかった」

スーツのジャケットの下にベストを着ているので、ジャケットを脱いだ姿はスタイルのよさもあって、モデルのようだ。服装や雰囲気から仕事ができそうで、年齢以上の落ち着きを感じる。

そもそも、付き合っていた当時から彼はエリートだった。仕事のことを聞きすぎてはいけないと思い、ほどほどにしか聞いたことがなかった。

しかし、フランスへ転勤と聞いた時は、さすがに未熟な珠莉でも、それが栄転とわかったので、自分が思っていたよりずっとすごい人と付き合っていたのではないかと、あとから考えることが多かった。

日本でポストが空《あ》いたと言ったので、玲は今後あの大手証券会社で、さらに責任のある役職に就くということだろう。

離婚したからといって、この色気のあるイイ男を周りの女性が放っておくはずがない。きっとまたすぐに、素敵な人を見つけるだろうし、もしかしたらすでに彼女がいるのかもしれない。

健全な友達関係を築けそうもない人には、あまり近づかない方がいいだろう。

「でも、珠莉は頑張りすぎるところがあるから、無理しないように」

そうやってにこりと笑う顔は、出会った頃と変わらず、優しい。

「ありがとうございます、野上さん」

珠莉は玲の笑った時の顔が好きで、付き合っていた当時はもっとその顔が見たいと思っていた。

しかし今は、その顔を見ると、女としての恋心が刺激されてヤバい。

「ねぇ、珠莉、明日休みでしょ？　一日くらいいいじゃない。仕事、今は前みたいに大変じゃないって言ってなかった？」

美優紀がさらに荷解きに珠莉を誘ってくる。

仕事が押しているというのは、断るための嘘だった。しかし、そういう嘘をつくのがもともと苦手な珠莉は、ただ曖昧《あいまい》な笑みを浮かべることしかできない。

「あー……まぁ、そうなんだけど……どうしようかな」

そう答える珠莉に、だったら決まりね、と美優紀が言った。強引に、明日は三人で玲の家へ荷解きに行くと、話を纏《まと》めようとしている。

元カレとはいえ、嫌いで別れたわけではなく、今も会うだけでドキドキするような人と、珠莉は必要以上に接点を持ちたくない。

けれど美優紀は最初、玲のことが好きだったからか、正広と結婚した今でも玲のことが特別なのかもしれなかった。だから手伝いも率先して手を挙げるのだと思うのだけれど。

「美優紀ちゃん、さっきも言ったように、珠莉には頑張りすぎるところがあるから、無理はしてほしくない。珠莉も仕事が押してるんだったら、そっちを優先した方がいい」

いつも優しい人。親身に話を聞いてくれて、大人らしいアドバイスをしてくれるし、時には社会人の先輩として注意もしてくれた。

珠莉は玲を好きだったのと同じくらい、尊敬もしていた。

ふと、隣にいる彼の左手を見る。

彼の薬指から銀色のリングはなくなったけれど、銀色の腕時計はこの六年変わらない。それは、付き合っている時、珠莉が贈ったものだった。

日本製の自動巻きの腕時計だ。価格は消費税込みで、当時五、六万円くらいしたものだ。

玲は、割と新しくていいものが好きなようで、身に着けるものはそれなりに高価なものが多かった。その代わり、長く大事に使うというスタンスだった。珠莉はそんな彼が気に入ってくれるか少し心配しながら、その自動巻きの腕時計を誕生日に贈ったのだ。

社会人一年目の珠莉にとっては、かなり奮発《ふんぱつ》したプレゼントだった。それでも玲には安すぎるかもしれないと言って渡したら、その場で身に着けてくれた。

とても嬉しそうに、ありがとう大事にする、と言って。

以来六年間、玲はそれを身に着けてくれていた。もちろん珠莉の前でだけかもしれないが。

どういうつもりで元カノが贈ったものをずっと身に着けているのか、その理由を聞いたことはない。

その時、美優紀に珠莉、と名を呼ばれて、現実に引き戻された。

「珠莉、たまにはさ、肩の力抜かない？　前みたいに、ワイワイしながらさ」

みんなで玲の部屋を片付けることを、美優紀は諦めていないようだ。

「うん、……でも……」

歯切れの悪い返事をする珠莉に、正広が美優紀の後押しをする。

「たまには四人でランチでもどうかな？　珠莉ちゃんも一緒にさ」

珠莉は正広の言葉に、とりあえず笑みを浮かべた。

美優紀は期待するように珠莉を見ている。

「……ねえ、行こうよ珠莉」

彼の身に着けている時計を見ると、忘れた恋心が疼《うず》く。

だが、もうそれは封印したはずだ。

「……わかった。明日、一緒に手伝いに行きます」

玲を見上げて言うと、彼は瞬《まばた》きをして微かに笑った。

「仕事は大丈夫なの？」

「大丈夫です。私も前とは違うし、なんとか挽回できると思うから」

珠莉が笑ってみせると、玲も安心したような表情を浮かべた。

「じゃあ、明日、三人で野上の家に行こう！　珠莉ちゃん、車で迎えに行くよ！」

「ありがとう、新川さん」

正広に礼を言って、目の前のカクテルを飲む。

カクテルは甘くて美味しかったが、内心ではどうしようと思っていた。

彼の腕時計を見て、思わず手伝いに行くと言ってしまったけれど、心の中では焦っていた。

でも行くと言ってしまった以上、約束は守らなければならない。

隣にいる玲をやけに意識してしまう。彼の体温が伝わってくるような気がして、ただドキドキするのだった。

☆

久しぶりに四人で飲み会をした翌朝。

珠莉は平日と変わらず目覚めて、ベッドから下りると、冷蔵庫から鍋を取り出してキッチンのIHのボタンを押す。昨日から食べている具だくさんの味噌汁だ。

本当なら今日の朝でなくなるはずだった味噌汁は、昨日の夜食べなかったので、まだちょっと余ってしまい、珠莉は頭を掻いた。

味噌汁が温まる間に洗面を済ませ、歯磨きをしたあとにキッチンへ行くと、いい感じで味噌汁が温まっていた。

冷蔵庫から野菜ジュースを取り出し、小さなテーブルに具だくさんの味噌汁とジュースを置いて座り手を合わせる。

「いただきます」

口を付けて一口飲むと、温かい味噌汁が身体に沁《し》みる。珠莉はほうっと大きく息を吐き出した。

『珠莉の味噌汁、具だくさんで美味しい。これだけで、朝食が済ませられるのっていいね』

珠莉のアパートで、初めて玲と一緒に朝を迎えた時、朝食に味噌汁を出したら絶賛され、お代わりしていた。

具だくさんの味噌汁は、母がいつも朝ごはんに出してくれていたものだ。父を病気で亡くしてから、母は家計をやりくりし、珠莉を大学まで行かせてくれた。

温かい味噌汁を食べ、時折お椀を手のひらで包みながら、珠莉はため息をつく。

ため息の理由は玲だ。

彼に会うと、とっくに気持ちは断ち切ったと思っているのに、ほのかに残っている恋情が彼に引き戻されそうになる。

「玲と会った次の日は、いつもこう……付き合ってた頃を思い出すし、腕時計のこととか、指輪をしているのを初めて見た日のこととか……その指輪が昨日なかったこととか」

玲は珠莉よりも七つ年上で、出会った時はもうすでに立場のある社会人だった。今の珠莉と同じ二十九歳だったが、すごく大人で、プライベートで初めて会った時なんか、カッコイイ高そうなスーツ姿だった。

そんな玲と付き合っていたのが珠莉なんて、今でも嘘みたいだ。

「出会った頃と変わらない、カッコイイ玲……これから日本にいるのか……無理やり野上さん呼びにしてたけど、これから会うことが増えたらボロが出そう」

味噌汁の具をしっかり食べて最後の一口を飲み干した珠莉は、またもため息をつき、首を振る。

今は玲のことで心を乱してはいられないのだ。

自分のことを優先して考えなければならない。

「早く結婚してお母さんを安心させてあげたいけど……いつまで元気でいてくれるかわからないし」

父も母も一人っ子で、珠莉には親しい親戚はほぼいない。父は中学生の頃に癌《がん》で他界したが、母もまた癌《がん》になってしまった。

実家で闘病生活をしていたけれど、末期となり今はホスピスに入っている。入院費は、母の貯金と生命保険の一部で賄《まかな》っていた。

パジャマなどはレンタルをしているため、二日に一回細々《こまごま》した洗濯物を取りに行くだけ。

「結婚なんて……まぁ、お母さんは気にしてないと思うけど」

今日は病院に行く日でなくて助かった。

仕事が押しているというのは嘘だが、休みの日はたいてい母の入院先に行くので、最近は友達の誘いもほぼ断っている。

母が病気になった時点で、交流のあった友達との関係は疎遠になっていた。

一番仲のいい美優紀にも母の病気のことは言っていないが、既婚者の彼女を珠莉から誘うことはほぼない。たまに美優紀から誘われた時だけは、都合が合えばランチをしたり、ちょっとしたドライブに行ったりすることもある。

一人でいると気が滅入る時があるから、美優紀と会って出かける時間はいい気分転換になっていた。

結婚してからも、いろいろ誘ってくれるのがありがたい。

これから先、母の病状によっては本当に一人になってしまう。その不安がないわけではないし、今まさに人生の岐路《きろ》に立たされていることを強く感じた。

「こんな時に……なんで帰ってきたの……？　おまけに離婚って……」

二十二歳の珠莉は、仕事を頑張りたい、失敗を挽回したいという気持ちが強かった。それに若さもあったし、優柔不断で結婚なんて大それたことを決めきれなかった。

玲と別れ、気持ちの整理がつかず辛いこともあったが、それでも今は一人できちんと生活をしている。

そんな珠莉が玲と会うたびに過去へ引き戻され、彼を好きだった気持ちを毎回再燃させているなんて、単なる病《や》みでしかないのではないか。

玲ともう一度なんて選択肢は、絶対ないはずなのに……

「……なんで、いつも私がプレゼントした時計を着けてくるの？」

毎回聞きたくても聞けず、飲み会は毎回一次会でさっさと帰っていた。

なんで別れたというのに未だに玲と飲み会をするのかと言ったら、それはもう単純に、正広が玲のいる飲み会に珠莉を誘ってくるからだ。

三年目までは怒っていたが、さすがに四年目もとなるとどうでもよくなってきた。その頃には、玲と当たり障りのない話をしていたと思う。

「考え始めるとドツボにはまる。支度しないと」

昨日の夜は、玲の家に朝十時頃に行くということで早めに解散した。

正広が迎えに来る時間が迫ってきていたので、珠莉は手早く食器を洗い、動きやすい服装に着替えて、化粧道具の入っているバッグをテーブルの上に置く。

手早くメイクをする間に鍋の味噌汁がある程度冷えたので、再び冷蔵庫に入れた。

洗濯物を洗濯機に放り込み、乾燥までセットして、ふと洗面台の鏡を見る。

「目元に、アイシャドウ塗ろうかな」

相変わらず普通の顔で、かろうじてチャームポイントがあるとすればやや黒目がちな目だけ。

アイシャドウも、そんなに種類は持っていないので、指先でぼかしながら目元を作った。

いつもと違うメイクだからあまり自信はないが上手くできたと思う。

よし、と思ったところでインターホンが鳴り、画面に正広と美優紀が映っていた。二人も動きやすそうな服装をしている。

返事をして、バッグの中身を確認し玄関へ急ぐ。

「そういえば、玲はあのマンションに戻ってきたのかな……」

かつて彼が住んでいた1LDKのマンションは、自身で購入した物件だった。外国にいる間は維持を頼んでいると聞いていたから、もしもそのままマンションを売っていなければ、そこに戻るのだろう。

また昔を思い出していることに気付く。気持ちを切り替えた珠莉は、玄関のドアを開けて正広と美優紀に「おはよう」と挨拶《あいさつ》するのだった。

☆

玲の新居は、以前のマンションではなく、1LDKの賃貸だった。駅から少し離れているが、最寄りのバス停までは歩いて三分ほどという立地のよさだ。

中に入ると少し狭いものの、秘密基地みたいな造りでワクワクした。

南向きで使い勝手のよさそうなカウンター付きのL字型キッチン。広めのロフトがあって、梯子《はしご》ではなく、小さな階段で上がるようになっていた。

しかも階段部分が全部収納になっていて、ロフトの下は引き戸のついた小さな部屋になっている。限られた空間を上手く使った素敵な部屋だった。

「えー、ここイイ！　私も住みたい、引っ越したい！　これだったら自分の空間ができる！」

美優紀が大絶賛し、正広も美優紀の言葉に頷いた。

「いい物件見つけたなぁ！　しかも新しいし！」

珠莉もロフトのある部屋に憧れを持っていた。しかし、部屋を探していた時はなかなか思うような物件を見つけられず、結局は大学卒業後に入居したマンションにずっと住んでいる。

「ここは、会社の借り上げだけど、古いアパートを壊して建て替えたらしいから、まだ新しいんだよね……。でもそのうち、またマンションを買うか借りるか考えないといけないな……今日は来てくれてありがとう」

外観も綺麗だが、中身もまだ新しい。こういう物件があるんだな、と珠莉は部屋を見回した。

「本当にいいね。……こういう秘密基地みたいな部屋、私も住んでみたい」

そう言うと、玲が少し声に出して笑った。

「そういえば珠莉は、ロフトのある部屋に憧れていたよね？」

よく覚えているな、と思った。珠莉はタイニーハウスとか、メゾネットタイプでロフトのある部屋に住んでみたいと、昔、玲に話したことがあった。

なんでそんな他愛もないことを覚えているんだろう、と考えながらもそれを嬉しく思う珠莉がいた。

彼は荷解きのため、段ボールのガムテープを幾つか剥《は》がした。荷物の数は思ったよりもかなり少なく、荷解きに三人の手がいるとは思えなかった。

「野上、荷物少なくない？」

同じことを思っていたらしい正広が、段ボールからガムテープを一緒に剥《は》がし始める。

「ほぼ捨ててきたからね。ベッドはリサイクル、スーツも古いのはリサイクルに出してきた。足りないものはこっちで買うつもりだったから」

引っ越す際に、ある程度の断捨離《だんしゃり》をしてきたらしい。

珠莉はそうなんだな、と軽く思っただけだったが、そこに正広が突っ込んだ。

「野上、もしかして奈緒《なお》さんにもらったやつ、全部捨ててきたとか言うクチか？」

奈緒というのは玲の妻の名前だ。玲より三つ年上だと聞いている。

面白おかしく言う正広に、笑顔のまま玲は答えた。

「ああ、捨ててきた。と言っても、もらったものはそんなに多くなかったからね。特別いいものってわけでもないし」

笑顔で結構な毒舌なのも変わっていない。

今まで彼は結婚相手のそういう面を全く口にしなかったので、離婚したらもういいのかな、と感じた。

彼と付き合っていた時は珠莉も若かったし、こんな風に外で言われていたのかもしれないと考えて、ちょっとヒヤッとしてしまった。

「まぁ……そうだと思ったけど……相変わらず、スパッとしてるなぁ、野上」

玲は正広の言葉に苦笑いしながら、段ボールのテープを次々と剥《は》がしていく。段ボールは大小合わせて十箱に満たないくらいの量だった。

「だから断捨離《だんしゃり》だよ。引っ越しは大変だし、それでなくてもアメリカから帰ってくるって、本当に大変だった。今後はもう海外勤務はそうそうないだろうから、こっちの製品を買った方がいいだろうしね」

話を聞きながら、珠莉は段ボールの前に座り一つ開けてみる。中は圧縮袋に入った服で、どこに片付けるのか聞こうと玲を見ると、彼は心得たように指示をくれた。

「圧縮袋に入ってる服は、そのまま部屋に入れておいてくれる？　クローゼットがあるから、その中でもいい。本は階段の棚に適当に入れて。あとで整理するから」

玲に指示された通り、服の入った段ボールを部屋へ持っていく。本や食器類は正広と美優紀が片付けると言って段ボールから出し始めた。

部屋の引き戸を開けると、そこにはシングルにしては少し大きなベッドが置いてあった。シンプルで値段もそんなに高くなさそうな印象だが、マットレスの厚みを見ると高そうな気もした。

クローゼットの中に入れていいと言っていたので、クローゼットを開けた。中にはすでに私服とスーツが数着、ハンガーにかけてあった。

服に移っているのだろう、クローゼットからは彼の香水の香りがした。そんなに濃くはつけない人だけれど、近づいたらほんのり香る、どこか上品で甘いオリエンタルな香りだ。

「相変わらずいい匂い……」

目を閉じて鼻で息を吸って、目を開ける。抱きしめられた時、いつも感じた、あの心臓が高鳴る彼の香りだ。

ものすごくドキドキしてきて、何をやっているんだ、と珠莉は目を見開いて段ボールから服を取り出す。

「珠莉」

「はいぃ！」

裏返った声で返事をすると、ちょっと驚いた顔をした玲が、可笑《おか》しそうに笑った。その手には圧縮袋があり、珠莉の隣に置いた。

「急に声かけてごめん。圧縮袋を開けといてくれる？　すぐ片付けたいから」

そう言って、自身も圧縮袋を開け始めた。クローゼットの中には収納ボックスが置いてあり、そこに袋から出した服を入れていく。

「そういえば、香水、変えてないんですね」

袋から取り出した服を玲に手渡しながら言うと、受け取りながらにこりと笑われた。

「覚えてるんだ？　普通は、好きな匂いをそんなに変える人はいないよ」

もっともな答えに、そうだよね、と頷いた。

「確かに、私も柔軟剤の匂いは変えないですね」

「そうでしょ？　君はあの、おひさまの匂いってやつを変えない。いつも清潔ないい匂いがする」

珠莉は服を手渡しながら玲を見上げた。彼は服を受け取りながら、珠莉を見つめる。

「珠莉の匂い、好きだな」

七年前と同じ台詞《せりふ》を、七年越しに言われ、珠莉はほんの少し息を止めた。彼の端整な顔を直視できず、すぐに下を向く。

まるで七年前に戻ったみたいだ。別れた時間などなかったみたいな空気が漂《ただよ》い鼓動がうるさくなる。

まるで付き合っていた時のような、なんとも言えない雰囲気になっている。

玲とは、嫌いで別れたわけではない。でも、あの時の珠莉はまだ若く、自分で自分をコントロールする術《すべ》を知らなかった。だから彼のプロポーズを断ったのだ。

彼を知る人なら、玲ほどのできた彼氏を振るなんてありえないと言うだろう。

だけどその結果、珠莉と別れてフランスに行った玲は、すぐに珠莉以外の人と結婚して、結婚生活を始めたのだ。彼は昨日、気持ちが盛り上がって結婚したわけじゃないと言っていたけど、相手のことが好きじゃなかったら、そもそも結婚などしないはずだ。

「結婚生活は、楽しかったですか?」

いきなり何を聞いてるんだ、と我ながら焦る。今更こんなことを聞いたところでどうにもならないというのに。

嫉妬していると思われるかもしれない。何より彼は離婚したばかりだ。さすがにデリカシーがなさすぎた。珠莉は慌てて彼を見上げ、今の言葉を弁明しようとした。しかし、その前に彼が話し出してしまい、タイミングを逸する。

「楽しい時もあれば、そうでない時もあったよ。喧嘩もしたけど、その分、相互理解もできたしね。ただ、食の好みは合っても、趣味が全く合わなくて……いろいろなことに目をつぶってきた期間が長かったかな」

「……趣味って、たとえば？」

珠莉が聞くと、玲は考える仕草をして、うん、と言って肩を落とした。

「一番は買いものだね。彼女、ハイブランドが好きで、服とかもこう、ロゴが大きくバーンって入った派手なやつ？　そういうのが好きみたいでね。俺もハイブランドは嫌いじゃないけど、落ち着いたものの方が好みだし、特別欲しいってほどじゃない」

そう言って服をサッサと片付けていくので、珠莉も急いで圧縮袋を開いて彼に服を渡す。

「俺はいいものは一つあればいい方だけど、彼女は……使わないのに欲しいからって買うんだよね。離婚するちょっと前にも、誕生日にダウンコートが欲しいって言われて、買ってあげたんだけど……」

玲は少し俯《うつむ》き、若干言いにくそうに続きを口にする。

「ブランドのロゴが大きく入ったトレーナーとか、全身をハイブランドで固めた上に、プレゼントのダウンコートを着てみせられて……正直、めちゃくちゃ冷めたんだよね……」

はぁ、と息をついて、珠莉を見て普通に笑った。

「もちろん自分のために週三回アルバイトに行って、お金を貯めていたけど、自分の貯金で足りない時は生活費から補填《ほてん》して購入してて……ずっと目をつぶっていたことが、急に我慢できなくなって。一度気になりだすと、価値観も違うし、服のセンスも好きじゃないし……いろいろ挙げ始めたらきりがなくて、そのうち、なんか一緒にいる意味がわからなくなった……結局最後は、頭を下げて別れてもらったんだ」

玲の話を聞いて、昨日聞いた、妻との「性格の不一致」という言葉の意味がわかった。しかし、最後の別れてもらった、というのにちょっと驚く。

「えっ……？　頭を下げて、まで？」

「だってしょうがないよ。なんでこの人と一緒にいるのか、なんでたいして着もしない服のためにお金を出すのか、他にもいろいろ考えて、結局なんで彼女と婚姻という契約をしたのかわからなくなったんだ」

珠莉の疑問に対し、間髪《かんはつ》を容《い》れずに「なんで」と思ったことを羅列した玲は、大きく息を吐き出した。

「だって考えてみてよ、珠莉の好きなセレクト系のバッグ、そのコート一つでどれだけ買えると思う？　三十個は買えるよ？　別に気にしない時だったら、こんなこと考えなかったと思うけど……一度気になり始めたら、何もかもが気になってしまって。頭の中が『なんで』って言葉ばかりになってた」

結婚というのは、お互いを好きになって、付き合って、一緒に生きていくためのゴールみたいなものだと思っていた。

でも本当はそうじゃなくて、そこからスタートしてお互いをさらに知り合っていくものなのだ。きちんと関係を築いていかなければ、簡単にその関係は壊れてしまうものなのだと、彼の話を聞いてなんとなく理解できた。

「でも、奥さんがブランドもの好きなことは、れ……の、野上さんも知っていたんでしょ？」

うっかり玲、と言いそうになり、慌てて言い直した。

ブランド好きなことも含めた人となりを知っていないと、そもそも結婚するには至らないのでは、と思いながら問う。

「知ってたけど、そこは……たぶん、人間だから感情だよね？　実際、離婚について口にしたら速攻喧嘩で、罵詈雑言《ばりぞうごん》の嵐だし。そりゃそうだ、と思っても、今までと違う彼女の姿を見て、それもまた……」

今日何度目かのため息をついた玲は、止めていた手を動かし始める。なので、珠莉もまた、せっせと圧縮袋から服を取り出した。

「俺は離婚する際一方的だったと思う……だから、妻側の弁護士と協議して共同で貯金してた預金の半分と、前に俺が住んでいた日本のマンションをあげたんだ」

「ああ……だから、賃貸に」

「そう。でも初見でここを気に入ったから、今はマンションあげてよかったって思ってる」

にこりと笑った玲の顔は、相変わらず色気があって、珠莉の好きな表情だった。

もちろん、ドキドキと心臓が高鳴るのは、当たり前のこと。

「俺は独身になったから、また遊びにおいでよ」

「えっ……？」

「正広と美優紀ちゃんも一緒に」

一瞬、誘われているのかと思ってしまった、バカな珠莉だった。もう玲は彼氏ではないのだから、二人きりで会うわけがない。

誤解したのは自分だけど、思わせぶりな言動をする玲に、内心ムッとしてしまう。

「そうですね。機会があればぜひ」

珠莉は棒読みでそう言って、袋の中から最後の衣類を取り出し玲に渡す。

「他の荷物も、片付けてきます」

立ち上がり、玲に背を向けて部屋を出る。引き戸を閉めると、正広と美優紀が顔を上げて微笑んだ。

「元カレ、元カノ同士の話は終わったかなー？」

正広が冗談めかして言うのを聞いて、珠莉は唇を尖らせる。

「そんな話してません！」

思わせぶりな言動についドキドキしてしまったが、こんなことで揺らいでなんていられない。

これからはこんな風に玲と会うのが容易《たやす》くなってしまい、今からどうしようかと不安になる。魅力的な玲が独身になって現れたことが、こんなにも珠莉の心を揺らめかせるとは思いもしなかった。

内心でため息をつきながら、珠莉は元カレの色気に惑わされないように自分を強く律しなければと、改めて気を引き締めるのだった。

3

——初めて古川珠莉と出会った時、その肌の白さに目を奪われた。

玲が珠莉と出会ったのは、二十九歳になったばかりの頃。

実家が割と海に近く、サーフィンの名所であったため、得意ではなくてもある程度はできた。もとから運動神経は悪くなく、普段から体幹を鍛《きた》えるトレーニングやジョギングをしたりするのが好きだった。

その時は、高校時代からの友人、新川正広が久しぶりにサーフィンをやりたいと言ったので一緒に海に出たが、正広はさんざん波に翻弄《ほんろう》されていた。

玲は久しぶりであっても、ある程度は波には乗れるため、正広にかなり悔しがられたが、素直で明るい正広と一緒にいるのは割と好きだった。

調子のいいことを言ったり、悪ぶって冗談を言ったりするが、どちらかというと人が良すぎるくらいの男だ。玲と同じ金融業に勤めているが、業績は普通止まりだと自分で言っていた。

けれど玲は、優しい正広は、きっと誰かの助けになっているのだろうと思っている。会社の業績を上げ、結果を出すことは必要だが、時に人に寄り添うことも必要なのが金融業である。

その日、もうやめる、と正広は早々に海から上がっていき、手早くシャワーを浴びて着替えるとため息をついた。

「俺カッコ悪くなかった？」

一人で残ってもつまらないので、一緒に上がって身支度を整えた玲に、正広が開口一番に聞いてきた台詞《せりふ》がそれで、思わず苦笑した。

「久しぶりだったら、誰でもあんなもんじゃないのか？」

「野上は波に乗れてたじゃないか！　しかもイケメンだから、女の子はお前ばっか見てたじゃん」

玲は、もちろん自分の容姿がいいことは自覚しているし、色気があると言われたこともある。同性からは、スタイル維持のため何かしら努力していると思われているし、面と向かって確認されたりもする。

否定しすぎると面倒なので、たいてい笑ってやり過ごすが、運動はもともと好きだし、基本食べてもあまり太らないのだ。

「俺は正広より前からやってるから。それに、波に乗れたと言っても、ただ乗ってただけで技はないだろ？」

そうかな、とブスッとした顔をしていた正広の目が、次の瞬間何かに釘付けになった。一点集中している視線の先を追うと、女の子が二人、砂浜に下りる階段の途中に座っていた。

二人ともほっそりとした体形で、一人はパンツスタイルに白のカーディガンを肩に羽織った、見るからに綺麗な女の子だった。

もう一人は黒いつばの広い帽子をかぶり、夏らしい柄のワンピースに黒のカーディガンを着ていた。

正広がジッと見ているのは、白のカーディガンを羽織った美人で、自分たちより若く笑顔が魅力的な女性だった。

「正広の好みだな……綺麗な子だね」

「あ！　ちょっと待て！　野上が先に行ったら、俺が霞《かす》む」

声をかける気だろうか、と正広を見ると、彼は大きく深呼吸した。

「声をかける気か？」

しっかりと頷いた正広が、もう一度階段に座る美人を見る。

玲をイケメンと言う正広だが、彼もまたイケメンだ。言動がそれをちょっと半減させているだけで。それに本当に優しくていい男なのは正広の方だ。玲は割と白黒はっきりしているし、かなりの毒舌だと思っている。

付き合って二年になる彼女と別れたのは半年前。彼女の方から別れると言ってきたのだが、二股をかけられていた上に、メチャクチャ怒鳴られた。

『もっと、気にかけてほしかったし、結婚を考えてほしかった！』

彼女の言い分としては、仕事ばかりで自分を大切にしなかった玲が悪いということらしい。

就職してから全く失敗がなかったとは言わないが、将来のために、自分なりに会社の業績を上げようと頑張っていた。

玲は都市銀である瑞星《ずいせい》銀行系列の、瑞星証券株式会社に就職した。社会人八年目で、主任という役職になり一年が経つ。

初めは若くして役職に就いたことで、いろんなことを言われたりもした。しかし、上からの任命なのでしょうがない、という思いがあり、自分の道を進んでいる最中だった。

慣れない中間管理職の業務で忙しく、本音を言えば恋愛や結婚なんか考える暇もない状態だったのだ。こちらに非がなかったとは思わないが、浮気されたあげく逆ギレされてはたまらない。

目の前の正広は、階段に座る女性を見つめたまま言った。

「だって、見ただけでドキドキして、目が離せないし！」

自分が知る限り、正広にもだいぶ長いこと彼女はいない。だが彼は、たとえ銀行員として仕事を頑張っていても、玲のように恋人を疎《おろそ》かにしたりはしないだろう。そういうところが、ポジティブで優しい正広のいいところだと思う。

「わかった、一歩下がって見てる」

「いや、三歩くらい下がっていてくれよ！」

「わかった、三歩下がっとく」

苦笑して彼の背を見ながら、正広が美人に声をかけるのを見ていた。その時、美人の隣にいるほっそりとした女の子が顔を上げる。

「色が白い……遠目でも綺麗な首」

そう思いながら、玲は正広を見るふりをして、もう一人の女性を見ていた。帽子のつばで顔は見えなかったが、その女性が玲の方を向いたことで目が合った。

玲は瞬《まばた》きをして、彼女をジッと見つめてしまう。

この時ほど、自分の近眼を恨んだことはない。

それまでは、正広の言いつけを守って三歩下がって見ていた玲だが、気付けば階段を上《のぼ》っていた。正広と同じ位置で、色白の彼女を見る。

玲はショルダーバッグから眼鏡を取り出し、改めて彼女を見ると、黒目がちの目が綺麗で小鼻と頬に薄いそばかすが見えた。

黒縁の眼鏡をかけているが、それもなんだか可愛くて、玲は彼女から視線が逸らせなかった。

「イケメン……」

声が聞こえたのは、正広が声をかけた美人からだった。

彼女はこちらを見ていて、玲は思わず何度か瞬《まばた》きをして、横の正広を見る。

「三歩下がって見てろって言ったのに……」

あからさまに残念そうな声で、ちょっとばかり恨みがましい目を向けてくる正広に、軽く頭を下げた。

「ごめん」

「ごめんじゃないよ……もういいや……よかったらさ、ＬＩＮＥの交換しない？」

気を取り直したように正広が美人の子に言うと、ちらりと玲の方を見た彼女は渋々という感じで正広とＬＩＮＥを交換していた。

玲はというと、再び色白で眼鏡をかけた彼女に視線を移した。

「視力、悪いんですか？」

自分の眼鏡を指さしながらそう言った彼女は、指も白くて細い。爪の形も綺麗だった。

「海で遊んでたから、コンタクトを外してて。酷い近眼というわけじゃないけど、裸眼だと結構近寄らないと人の顔が見えなくて」

玲が眼鏡を押し上げると、彼女はにこりと笑って、「そうですか」と言った。

「私も同じです。そこまで悪くないけど、近眼で。コンタクトは合わないからいつも眼鏡なんです」

笑った顔がなんだか素朴で可愛いと思った。なんといっても、ピンクがかったような白い肌が綺麗で、目を奪われてしまう。

外見の美しさだけなら正広が声をかけた女性の方が美人だし、たいていの男が目を奪われるタイプだろう。

けれど玲は、もう一人の笑顔が可愛い素朴な彼女の美しさに魅了された。

この時の自分は、二十九歳にもなって、恋愛初心者のごとく彼女の連絡先も聞けず後悔することになる。

後日、正広がグループデートの約束を取り付けてくれたことに、心の底から感謝したのだった。

☆

「なぁ、野上……お前、珠莉ちゃんとこれからどうなりたいんだ?」

日本での勤務初日を終え、スマホを見るとメッセージが届いていた。正広からの飲みの誘いで、了承すると小さな居酒屋に連れていかれた。

ビールで乾杯したあと、開口一番にそう聞かれる。

「は？」

久しぶりに帰ってきた日本は、やっぱり居心地がよかった。最初にフランス、次に中国。その次にポストが空《あ》いたからとアメリカに行き、結果一番長くそこにいた。

日本へ帰りたい気持ちはずっとあった。希望が通り、昇進と共に日本へ帰国することができてよかったと思う。ついでに、約六年続いた結婚生活にもピリオドを打った。

日本へ転勤になるのを打診されたのをきっかけに、玲から離婚を切り出したのだ。

「なんでそんなことを？」

「だってさ……野上、珠莉ちゃんのことずっと好きじゃん」

正広が妻の美優紀をナンパしたことで珠莉との接点ができた。初めてのグループデートで連絡先を交換し、玲は二人きりで会いたいと誘ったが、なかなか彼女からいい返事はもらえなかった。

四度目の誘いで、やっと二人で会ってくれた時は嬉しかったし、次に会う約束もできて、徐々に会う回数が増えていった。

「なんで地味な自分なんかを玲のような人が誘うの」と、二人で会うようになった三度目のデートで聞かれたことがある。

色白の肌が綺麗で、黒目がちの目が綺麗。首も細くて、薄いそばかすが散った顔も可愛い。笑った顔ももちろん可愛いし、ちゃんと仕事の話ができるのもいい。慣れない大変さも込みで、自分の仕事が好きだと言えるところを尊敬する。

玲が理由を答えると、恥ずかしそうに白い肌を赤くして顔を伏せた。

その姿が、とてつもなく可愛かった。

思い出すだけで、抱きしめたくなってしまう。当時は、かなり我慢したものだ。

「まぁ、そうだけど……俺、離婚したばかりだし。もう三十六のアラフォーだしね」

珠莉のことがずっと好きだったかと言われれば、イエスと答える。じゃあなんで別の相手と結婚したのか、と問われると、奈緒が妊娠したと言ったからだった。

しかし妊娠したというのは嘘で、「玲のことが好きすぎて結婚したくて嘘をついた」と、入籍したあとに言われた。

「しかし、野上……結婚生活六年弱？　よく続いたな。俺的には、妊娠したって嘘をつかれたのを、許したのがそもそも野上らしくないけど」

確かにらしくない気もするが、たいした理由はない。

入籍後すぐに離婚するのもどうかと思ったし、玲と奈緒は職場結婚だった。何より好意を持って近づいてきたのを受け入れたのは、玲自身だ。

当時の玲は、珠莉と別れてかなり傷心していた。どこかで自分は、珠莉はついてきてくれると高をくっていたのだろう。

だから、プロポーズを断られた時、玲が思うほど珠莉は自分のことを好きではなかったのだと思って、だいぶ落ち込んでいたのだ。

「まぁ……趣味は合わなかったけど、美人で仕事への理解があったし。毎日のように好きだって言われて、美味しい料理を食べさせてくれて、ニコニコ笑ってくれてたから。あの頃は、珠莉と別れて落ち込んでたしね」

ビールを飲んでいると、おつまみが運ばれてくる。久しぶりの日本の居酒屋だからか、どれも美味しそうに見えた。

「早く珠莉を忘れたかったし……でも正広が会わせてくれてたから、結局無駄だったけど」

妻だった奈緒は、最初はしっかりした人だと思っていた。

けれど、アメリカ勤務になったあとくらいから、好きだったハイブランドにずいぶんと執着するようになり、時には生活費にまで手を出していた。玲が指摘すると、アルバイト勤務の稼ぎで補填《ほてん》して、いつしかそれを繰り返すようになっていた。

曲がりなりにも玲と同じ金融業界にいて、使い込みを補填《ほてん》すればいいという考えには、どうにも同意できなかった。

「そういえば、仕事どうだった？」

「うん……なんでこんな早く、しかも部長職が空《あ》いたのかと思ってたら、前部長って人がチビチビ横領してたんだって……瑞星でこんなことあるんだな、って驚いた。きちんとした引き継ぎもなくてどうなることかと思ったんだけど、部下はまぁいい感じに人間のできている人が多くて助かった」

「そりゃ……びっくりだな。あ、俺の銀行には言わないからな！」

「正広が喋《しゃべ》るヤツだったら言ってないよ。そこは信頼している」

季節外れの人事だと思っていた。まだしばらくアメリカにいると思っていたのだが、急に部長への昇進と共に日本勤務になったのだ。

正直、玲の年齢で部長昇進は早すぎる。だが、これまでしっかりと実績を作ってきたし、日本にいた頃も役職に就いてきちんと仕事をしていたからか、若い上司が来ても、周囲に反発はなかったが。

「んで、珠莉ちゃんどうする？　野上、独身になったじゃん？　珠莉ちゃんもまんざらじゃないだろ？」

「正広、なんの話をしたいんだよ……」

玲はため息をついた。ついでにビールを飲み干して、お代わりを頼む。

「仕事？　恋愛？　後者だったら放っておいてほしいんだけど。俺は離婚したばかりだし、元妻は同じ東京に住んでる。しかも、なんでかランチに誘われてるし……会いたくないって断ったけど」

元妻から連絡があるとは思わなかった。離婚する時は泥沼だったたし、散々なことを言われたから、また会う気になんてなれるわけがない。

「え？　奈緒さん、未練あるのか……」

「どうかな。尽くしてやったのに捨てるなんて、恨んでやるって、向こうにいた時に言われたな……そんな相手とランチなんてしたいわけないだろうって、電話を切った。……本当は、離婚理由は性格の不一致だけじゃないんだ。珠莉には言うなよ、もちろん美優紀ちゃんにも」

言わないけど、と正広もまたビールを飲み干し、お代わりを頼んだ。

「俺とレスだったから、浮気してたんだ」

「えー……そんな……なんでレス？」

「理由は、いろいろあるけど、いつだったか、ブランドの服を着てる奈緒を見て……一気に冷めて。誘われても無理だった」

一度気になりだしたら、彼女の香水の匂いすらダメになった。なんで突然こんな風に思うようになったんだと、自分がおかしくなったのかとも思ったが、相手の見方が変わってしまったのだからしょうがないと、自分を納得させた。

それに奈緒も、アメリカへ行って変わった。ニューヨークで暮らすことに憧れていたのもあり、生活が途端に派手になった。

たぶん浮気も、一回や二回ではなかっただろう。

玲は騙《だま》されて結婚して、それでも情があるから結婚生活を続けた。なのに浮気までされて、何をやっているのかと、自分の人生をバカみたいに感じる。

「それで女として見られなくなった？　じゃあ、野上は、どこで性欲を発散してたんだ？」

前のめりで聞いてくる正広に、眉間に皺《しわ》を寄せて首を横に振る。

「そういうことを聞くなんてセクハラだ。ちなみに俺は、誓って浮気はしてない」

離婚したくない奈緒が興信所を使って調べても白だったからと、ハニートラップを仕掛けようとしたくらいだ。余計に嫌いになり、最後は泥沼だった。

珠莉に結婚生活は楽しかったか聞かれた時、つい元妻の文句をこぼしてしまったことを後悔している。

まだ結婚していない彼女を、幻滅させてしまったかもしれない。

「じゃあ、ホントに珠莉ちゃんとは、もうないのか?」

「珠莉は、俺ともう一度とは思ってないいんじゃないかな……この前会った時、嘘をついていたくらいだし」

新たなビールが二つテーブルに置かれ、正広と玲はそれぞれ手に取る。

「珠莉ちゃんが嘘?　なんの嘘をついてたんだよ?」

「俺の家に引っ越しの手伝いに来たくないから、仕事が押してる、って嘘をついたんだよ。前は嘘なんかつけなくて言葉に詰まってたけど、さすがに前とは違ってたな」

珠莉は極力、玲との接点を持ちたくなさそうだった。それは別れてからずっとだ。

だが玲は結婚していた時も、心の片隅にはいつも珠莉がいた。だから、正広がセッティングし、みんなで会う時は彼女の会社まで迎えに行った。少しだけでも、二人の時間が欲しかったからだ。

この前、「珠莉は俺のこと、友達か……それ以下くらいにしか思ってないだろう」と、わざと友達という言葉を強調した。なぜなら、そんなちょっとした予防線が、珠莉が自分と、そして自分が珠莉といることへの安心材料になるから。

でも自分は、一度だって彼女を友達と思ったことなんてない。

せっかく日本に帰ってきても、もう珠莉を振り向かせることができるとは思えなかった。

玲のことを嫌いじゃないのはわかるが、純粋なところのある彼女だから、互いの距離が近づくと悩ませてしまうかもしれない。

たぶん珠莉もまた、今もどこかで玲のことを好きだと思っているはずだから。

「珠莉は、時々会うくらいでいい。でもまぁ……もう少しくらいは近づきたい気持ちは……あるよ」

そう言って大きく息をついて、新しいビールに口を付ける。正広もまた一口飲んで、大きく息を吐き出した。

「野上って、そんなに不器用な男だったっけ？　俺にとってのお前は、要領のいいデキル男なんだけどさ」

正広の言葉に、思わず笑って、口を開く。

「正広は、美優紀ちゃんに一目惚れしただろう？　それで、押せ押せで付き合って、結婚までして今は幸せだ」

最初、美優紀は玲に好意を向けてきていた。彼女は美人だし、玲の心を自分に向けさせる自信があるような言動をしていた。しかし、玲には珠莉だけだったので、彼女の好意には見て見ぬふりをし続けた。

それを近くで見ていた正広は、ただただ自分の気持ちに正直に、ひたすら美優紀にアタックし続けた。その結果、好きな人と結婚し、今も一緒にいる。

「……それがどうした？」

首を傾げる彼に、頷いて笑みを向けた。

「俺もね、あの時、珠莉に一目惚れしたんだよ。色白で、笑うと可愛い、黒目が綺麗な珠莉が、すごく魅力的に見えたんだ」

今もその思いは変わらず、珠莉は六年経っても柔らかい笑みを向けてくれる。

一度振られて、珠莉を思う気持ちがありながら別の人と結婚した。そんな自分に、彼女はいつまであの笑みを向けてくれるだろう。

お互いに好きな気持ちはまだあると確信していても、何かの拍子に今の関係まで壊れてしまうのではないかと思うと、不用意に動けないのが本音だ。

「ただ、正広と俺が違ったのは、海外転勤になった時、珠莉は自分の仕事に手いっぱいだった。そしてお互いに相手より仕事を取って、俺は同僚の女性と結婚することになった。どんなに思っていても人生が交わらないこともある……ただそれだけのこと」

玲がつまみを一つ口に入れると、正広はビールをテーブルに置き、わかった、と言った。

「俺、この先も、飲み会に珠莉ちゃんを誘うから。その時は、野上も必ず来いよ！」

「はいはい。ありがとう」

玲は珠莉が好きだ。彼女と別れたことを今も後悔している。しかし、どうしようもないことだったとも思っている。

これから先、彼女とどうこうなるのはある程度諦めているが、それでも、もしもがあったらと思わないわけではない。

離婚して日本に帰ってきたことで、いろいろと人生の転機を迎えている。

未来のことは、まだわからない。

そう思いながら、玲は正広と他愛のない話を続けるのだった。

4

いろいろ悩んでも仕事は待ってくれない。

急ぎの仕事が入り、校正を複数掛け持ちしたら肩凝《こ》りが酷くなり、ため息ばかりだった。しかし、上司の陶山秋里《すやまあきさと》や同僚で先輩の山本愛子は、珠莉より多い量を早くこなすからすごいと思う。

早ければいいというものじゃないとはよく言われるが、自分にももう少しスピードがあればと思ってしまう。

それに、これで終わった、と納得して出した校正原稿も、あとからもっとこうすればよかったと思うことが多々ある。

『頑張りすぎるところがあるから無理してほしくない』

入社一年目でテンパっていた珠莉を知っているだけに、玲はそう言ったのだろう。優しい人だから、そこに深い意味なんかない。

だけど、彼の言葉を思い出すだけで、声が聞こえそうな気がする。

いい声なんだよね、と思ってしまってから急いで首を振る。たとえまだ好きな気持ちが残っていても、彼は離婚したばかりだし、珠莉は珠莉で自分の人生を考えなくてはいけない。

それに、いくらなんでも、あれほどの中身も外見もイケメンな彼が、二度も自分を好きになるはずはないだろう。

こんな風に気持ちが揺れるのは、玲が日本に帰ってきたからだ、と玲のせいにしてしまいたくなる。

玲以外の異性と付き合ったことがない珠莉は、久しぶりに会った玲の素敵さに当てられて舞い上がっているだけだ。

仕事に集中、と思って目の前の原稿に視線を移したところで、部署の電話が鳴り響く。

「私取ります！」

「ありがとう、おねがーい」

ここ最近は仕事が忙しく、みんなひたすら文章と向き合っていた。もちろん、もれなく珠莉もそうだ。

それなのに、ずっと忘れられなかった玲が日本に帰ってきてドキドキしたり、突然離婚したと聞かされてモヤモヤしたり。自分の将来や母のことも考えなければいけないのに、気持ちがいっぱいいっぱいでなかなか集中できずにいた。

「はい、明倫社です」

『お忙しいところすみません。S病院ホスピスの看護師、豊田《とよだ》と申しますが、古川珠莉さんはいらっしゃいますでしょうか？』

その瞬間、珠莉は胸がスッと冷えた。

母の入っているホスピスからの電話に、何かあったのだと予感する。

「……古川珠莉は私ですが……母に何か……？」

『お母様の容体が急変いたしまして、心拍数が下がっております。……よろしかったら病院へ来ていただくことはできますでしょうか？』

母とは昨日話したばかりなのに、と思いながら珠莉は受話器を握りしめた。

こんなの急すぎる。まだ余命宣告の期日までには一ヶ月以上あるのに、なんでこんなに早く逝《い》こうとしているのか。

昨日、病院に母の洗濯物を取りに行った。体力の落ちている母とはそんなに長く話せないが、それでも昨日は結婚について話した。これからのことはちゃんと考えているし、結婚も考えているから心配しないで、と伝えた。

そんな珠莉に、母は結婚なんて無理にしなくていいと言ったのだ。しかしできれば、早く相手を見つけて母を安心させてやりたいと言ったら、そこまで私が持つはずがないと言われた。

すっかり死を受け入れた様子の母に、『余命は宣告通りじゃない。余命より長く生きることだってある』と強く言い、思わず涙ぐんでしまった。

『珠莉、誰だって寿命が尽きる時が来る。それをなんとかしたいと思っても、どうにもできないことだってあるの。だから、結婚は焦らなくていい。なんならしなくてもいいのよ？』

諭《さと》すような母の言葉に首を振って、『そんなことを聞きたいんじゃない』と言った珠莉は、また明日来ると言って、母の返事を聞かずに帰ってしまった。あれが、母との最後の会話になってしまうのだろうか。

「すぐに向かいます！」

電話を切ると、珠莉のただならぬ雰囲気に陶山と山本が立ち上がった。

「もしかしてお母さん？」

山本がすぐに聞いてきたので頷くと、「わかった」と言った。

「すぐに帰りなさい！　珠莉ちゃんの仕事は、別の部署の人に手伝ってもらうから」

「こっちはもうすぐ終わりそうだから、僕がやるよ！」

二人には母が悪いことは伝えていて、事前に、もしかしたら仕事を抜けることがあるかもしれないと話していた。

「すみません……こんな早くに、なんて……」

ああ、どうしよう、と思った。

あらかじめ今後のことは決めてある。だが、決めてあるからといって、心の整理ができているわけではなかった。

「早く行った方がいい。今日は有休にしておくよ。こっちは大丈夫だから」

陶山が珠莉の机の下にある荷物を持ってきてくれた。置いたままのスマホを手渡され、画面を見ると何度か着信があった。

「いろいろとすみません、よろしくお願いします……」

「気を付けていくのよ！」

「……はい」

とりあえず、上着を着て、会社を出てすぐタクシーを拾った。普段ならバスで行くのだが、とにかく早く行かなければならない。

母はもうすぐ逝《い》ってしまう。

でもせめて、自分が病院に着くまでは待っていてほしい。

珠莉は涙ぐみながらそう願った。

天涯孤独という言葉が脳裏をよぎる。

自分で言った通り、余命は宣告通りではない。予定より早く逝《い》こうとしている母を思い、珠莉は祈るように両手を握った。

☆

急いで病院に行ったが間に合わず、母はすでに心肺停止状態だった。どれだけ呼びかけても返事はなく、目の前で医師に死亡認定をされ、母はもういなくなったのだと思った。

それからは、泣く暇もなく退院の手続きと、死亡診断書の受け取り。病院の看護師に浴衣《ゆかた》を着せてもらった母を葬儀社へ搬送するため、電話をして迎えに来てもらった。

珠莉に親戚はなく祖父母もすでに他界しているため、母が逝《い》ってしまった今、頼れるのは自分だけだった。

母の口座からあらかじめ葬儀代を用意しておいたが、これから銀行口座も解約することになるので、とりあえず全額引き出した。今は亡くなっても、すぐに口座が凍結されないので助かる。

通夜には上司の陶山、山本が来てくれて、お経上げの時も一緒にいてくれた。

陶山に友達には知らせなくていいのかと聞かれたが、思い浮かぶのは美優紀くらいしかいない。

彼女にも母の病気のことは知らせていなかった。

だから、亡くなったことは事後報告でいいだろう。そう思って、知らせなくていいです、と返事をした。

翌日の葬儀は珠莉だけなので、お経上げをしてもらったあと火葬場へ行くだけだ。

火葬の間、一人でいろいろと思うことがあった。

ここに来るまで、手続きだなんだと忙しく奔走《ほんそう》していて、ものすごく時間が経っているような気がしていたが、母が亡くなってまだ四日しか経っていないのに驚く。

途中、コンビニでおにぎりを買って食べたけど、ちっとも美味しくないし、すぐにお腹がいっぱいになってしまった。

火葬してもらった母を骨壺に納めてしまったら、あっけなく葬儀は終わった。

葬儀と初七日を一緒に済ませてしまったから、あとは四十九日をやるだけ。

「泣いたのは最初だけで、あとは泣く暇もなかったなぁ……」

会社からもらった忌引《きび》き休暇は一週間。その間に役所に死亡届を出して戸籍を変更してもらう。

終わりが見えたことで、肩の荷がどっと下り、珠莉は疲れたな、と思った。

火葬場からアパートに帰り、持っていた母の遺骨をテーブルに置くと、ベッドに横になった。

考えることやしなければならないことが多すぎて、眠いのに眠れない日が続いていた。

母は、いずれ一人になってしまう珠莉のために、いくつかの生命保険をかけていた。入院している期間も長かったので、保険金である程度の入院費を賄《まかな》えたことが、ありがたかった。

それでも母の貯金は、当初の半分以下となっていた。それは珠莉が相続するのだが、相続税を払うほどではないらしい。

しかし手続き自体は必要だから、こちらの書類ももらってこなければならない。

母は入院する時に、住んでいた賃貸を引き払っている。いろいろと覚悟をして準備をしてくれていた母のおかげで、珠莉がすることは最低限のことだけで助かった。

それでも、生命保険の受け取りなどを考えると、ため息しか出てこない。

そんなお金を受け取っても、珠莉が天涯孤独になったことに変わりはなく、一人で生きていく不安が解消されるわけでもないのだ。

今のところきちんと働いているし、社会とも繋がっている。ただ、肉親が誰もいなくなるということは、思っていた以上になんとも言いようのない不安があった。

「もともと、こうなるってわかってたけど、なってしまうと……、なんだか世界に一人きりになったみたい」

押し寄せる悲しみを振り切るようにため息をついて、スマホを見る。

そういえば、数日前に美優紀から連絡が来ていたけど、返事をしていなかった。その後も何度かメッセージが届いていたが、それもスルーしていた。

「返事しないと……」

美優紀の最初のメッセージには、とてもいい感じの喫茶店を見つけたから今度一緒に行かないか、というものだった。

その後、珠莉から返事がないため、何度も心配するメッセージをくれていた。

正広からも同じようにメッセージが来ているが、母のことがあったため返信する気持ちにならなかった。

珠莉はため息をつき、まず美優紀にメッセージを送る。

「心配かけてごめんね。大丈夫だから心配しないで。今度、美優紀が見つけた喫茶店に、行ってみたい。楽しみ……と」

美優紀と出かけたら、落ち込んだ気持ちも少しはまぎれるだろう。

「ナポリタンとか、サンドイッチ……美味しいだろうな」

母が亡くなってここ数日、何かを食べても味がなく、食べたいという気にもならなかった。

しかし、喫茶店のメニューを見ると、なんとなく食欲が湧いてきた気がする。

正広にも心配しないで大丈夫、というメッセージを送信する。

そうしていると、美優紀から返信があって、文面から心配していたことが伝わってくるメッセージだった。

正広からもすぐに返信があり、同じように『心配した、既読になるけど返信がなかったから』と書いてあった。

「こうして私を心配してくれる人がいてくれるんだから、ありがたい」

この世界に一人きりになった気持ちは拭えないものの、友達が心配して何度もメッセージをくれていたことが、少しだけ心を温かくした。

「今日はもう、お風呂に入って寝ようかな……ここ何日か、なかなか寝られなかったし」

結局、考え事が多すぎてあまり眠れなかった。ゆっくりお風呂に浸《つ》かって目を閉じたらしっかり眠れるかもしれない。

そう思いながらベッドから身体を起こして立ち上がると、今度はスマホから着信音が鳴る。伏せていたスマホの画面を見ると、相手は玲だった。

なんで彼から電話が、と思いながら通話ボタンを押す。

「もしもし？」

『ああ、珠莉？　よかった、正広から連絡がつかないって聞いたから心配になって』

「連絡をもらってたんですけど、ちょっとバタバタしてたから返事する暇がなくって。二人には今日やっと返事をしたところです」

きっとあの二人は、玲にも珠莉に何かあったのかもしれないと連絡したのだろう。

返事を後回しにし、それよりも先にしなければならないことを優先した結果だ。美優紀たちには、母が亡くなったことについて、四十九日が済んだあとにでもゆっくり報告しようと思う。

「野上さんは、どうして電話を？」

いつもならメッセージで済ませるのに、と思いながら尋ねたら、大きく息を吐き出された。

『もし何かあったんなら……きちんと声が聞きたくてね。珠莉は、どんなにきつくてもあまりそれを表に出さないし、話さない。まぁ、それが珠莉なんだろうけど』

きちんと声が聞きたくて、という言葉にドキン、と心臓が跳ね上がった。

珠莉は玲の声を聞きながら、再びベッドに横になった。スマホをスピーカーにして、顔の横に置く。

「どうして電話じゃなくて、無料通話からなんですか？」

『実は今、シンガポールにいるんだ。仕事でちょっとトラブルがあって、その尻拭いでね……明日の便で日本へ帰る予定』

さすがだな、と思った。

玲は付き合っていた時も、契約があると言っては海外出張へ行ったりしていて、そのたびにすごいなぁと思っていた。今もきっと、それは変わらないのだろう。

『本当に何もなかった？　珠莉が返事しないでいるなんてよっぽどじゃないか？』

「本当に何もないです」

きっぱりそう言うと、玲はしばらく黙って、「珠莉」と呼んだ。

『そうか、って引き下がりたいところだけど……何もないって言う珠莉の言葉の奥を、俺はわかってあげられなかった過去があるから……』

低く優しい言葉で言われ、珠莉はなんだか、心の奥がキュッとなった。

長年の友達である美優紀でさえ、ここまで深く聞いてこない。なのに、一年にも満たない期間恋人だった人が、なんでこんなに珠莉のことを、心配して、気遣ってくれるのだろうか。

『どうしても話したくないなら、仕方ないけどね』

微かに笑ってそう言った玲は、珠莉の言葉を待っているのか、何も喋《しゃべ》りかけてこなかった。

「シンガポールは、どうですか？」

『うん？　……仕事で来て、ずっと謝罪と会議とその報告をしてたから、ちょっと喉が疲れたな』

仕事でシンガポールに行ったのだから、確かに観光を楽しむ余裕はないのだろう。珠莉は少しだけ笑って、口を開く。

「身体は疲れてませんか？」

『疲れてるよ。今日はデスクワークばかりで、肩と背中が凝《こ》ってる。それに、珠莉がいつまでも、そうやって敬語っぽく話すから疲れる』

そんなことを言われても、珠莉は玲とずいぶん前に別れているし、正直なところ友達でもないと思っている。

「私たちは、友達じゃないでしょう？」

珠莉と玲は、付き合っていた頃にも戻れなければ、友達にもなれない。

前は、玲、と呼び捨てていたけれど、今は苗字で、野上さん、と呼ぶのが正しいと思っている。

『そうだけど、できればやめてほしい』

「どうしてですか？」

『珠莉が遠く感じるから。君が俺に壁を作るのはわかるし、苗字で呼ぶのも構わないけど……少なからず君を知っている男として、この先もずっと心配をさせてほしいし、これからも会いたいと思ってる』

これからも、という言葉がなんだか胸に刺さる。

人は変わるのに、ずっと心配をさせてほしい、会いたい、なんてどうして言うのだろう。

七年前から、彼は珠莉が無理じゃないと言っても、本当は無理しているのがわかるし、大丈夫と言っても、本当はちょっと心もとなくなっていることを察してくれた。

「……そうですか」

珠莉はそう言って目を閉じた。

「でも、敬語は続けさせてもらいます。だって、またいなくなると思うから」

珠莉がそう呟くと、スマホを通じて玲が何か話したような気がしたが、なんだか目蓋《まぶた》が重くなり、開けていられなくなった。

急激に睡魔が襲ってきた。何日も考え事ばかりして寝てないからな、と最近のことを思い出してしまう。

「どうせみんな、私の前からいなくなっちゃう……」

大きく息を吸った次の瞬間、ストン、と珠莉は眠りに落ちた。

☆

自分の身じろぎで目を覚ますと、部屋には煌々《こうこう》と電気がついていた。

明るい部屋の中で、喪服姿のまま珠莉はベッドの上で寝ていた。

玲と電話をしているうちに寝落ちしたらしい。彼との話は終わっていなかったが、珠莉の方が会話不能になってしまったようだ。

「今、何時だ……？」

『日本ではちょうど、夜の十一時じゃないかな？』

すぐに返事があって、珠莉は目を見開いて慌ててスマホの画面を見る。

「え？　どうして!?」

『珠莉が、みんな私の前からいなくなるって言ったから……そんなの聞いたら、いなくなれないよ。たとえ電話でもね……まぁでも……無料通話でよかったよ』

明るく言った玲の言葉を聞きながら通話時間を見ると、すでに一時間半以上話していたことになっている。

珠莉が最後に見た時間はもうすぐ十時になりそうなところだった。玲は一時間くらい、寝ている珠莉に付き合って、通話を切らないでいてくれたのだ。

「ごめんなさい、寝落ちして！」

『気にしないでいいよ。こっちも仕事しながら、珠莉が起きるのを待ってただけだし。大丈夫、珠莉は一人じゃないよ。友達じゃないけど、とりあえず電話越しに、俺がいる』

クスッと笑ったその声に、珠莉はダメだと思いながらも涙腺が緩んだ。

「友達じゃなくても、こうやって、傍にいてくれるんですか？」

涙声になってしまった。しかし、もう我慢ができなかった。

『……俺は君の家族でも友達でもないけど……君が望むなら、傍にいる』

「本当に？」

『ああ、傍にいる……何があった？　珠莉』

こうやって聞いてくる優しい声が、いつも珠莉を甘えさせてくれていた。仕事でこんなことがあったと言えば、彼は時には注意をし、時には諭《さと》し、褒《ほ》めてくれた。そして、何事も経験だと言ってくれた。

この人と一緒にいてよかったと思える人だった。彼は本当に心から尊敬できる人。

けれどだからこそ、彼と同じように仕事を頑張りたい気持ちが強くなった。

それもあって、六年前、珠莉は彼についていかなかったし、別れる道を選んでしまった。

でも今は、彼の優しい声に、意地を張らずに、素直に何があったのか話してもいいと、そう思った。

「お母さんが、亡くなったんです……お通夜とお葬式を、一人でやって、今日火葬してもらって……しなきゃいけない手続きが、まだ終わってないから、明日……しようと思ってて」

珠莉が嗚咽《おえつ》混じりに言うと、玲は『わかった』と言った。

『明日、役所が開いている時間には帰れないけど、帰ってきたら、会いに行くよ。住所は……前と変わってない？』

「はい……ねぇ、玲、どうしよう……私一人になっちゃった……」

思わず玲、と呼び捨てたことはもうどうでもよかった。

本当は母が亡くなって悲しいし、一人きりになってしまって、とても寂しい。

母は父が亡くなってからものすごく働いて、珠莉を大学に行かせてくれた。そして、就職が決まった時はお祝いしてくれて、彼ができたと言った時は喜んでくれた。そして玲と別れた時は一緒にお酒を飲んで、楽しくしてくれた。

『珠莉は一人じゃないだろ？　美優紀ちゃんもいるし、正広もいる。それに、俺だっている……明日必ず行くから。約束する、頑張り屋の、珠莉に会いに行くよ』

玲のしっかりした力強い声に、珠莉は何度も頷いて、そして返事をする。

「はい」

『今日は、身体を温めて、しっかり寝て。帰ってきたら、残ってる手続きを手伝うから』

「はい」

『珠莉、もう一度言うけど、君は一人じゃないから……わかったね？』

「はい……ありがとう、玲」

玲は小さく息を吐いて、それから珠莉、と言った。

『じゃあ切るからね……おやすみ』

「おやすみなさい……」

通話が切れて、珠莉も通話を切った。

大きく息を吐き、目を閉じる。

いつまでも泣いていてはダメだ、と思った。

少し洟《はな》を啜《すす》って、起き上がる。

「お風呂に入って、きちんと寝る！」

ベッドから下りた珠莉は、涙をティッシュで拭いたついでに、洟《はな》をかむ。そして、浴室へ向かった。

湯船にお湯を溜めながら、入浴剤を探す。

「今日はラベンダーにしよう……」

好きな匂いの入浴剤を湯船に入れ、珠莉は大きく深呼吸した。

玲から言われた、一人じゃない、という言葉が胸に沁《し》みた。

「明日になったら、また頑張ろう……」

珠莉は再び涙が浮かんできた目を手のひらでこすり、喪服を脱ぎ始める。

喪服をクリーニングに出しに行かないといけないし、部屋の掃除もしないといけない。生きている珠莉にはやることがたくさんある。

珠莉は明日来てくれると言った玲のことを思いながら、ラベンダーの匂いがする湯船に身を沈めるのだった。

5

玲は異動初日から、面倒な仕事を押し付けられてしまったと、ため息しか出なかった。

前任の部長が、会社の金を横領していた上に、進めていた企業投資計画をのらりくらりと放置していたことが発覚したからだ。まだ赴任して二日目だというのに取締役会長に呼び出され、四日目の今日もまた呼び出しを受けている。

「シンガポールのG社の契約、これだけは早急に進めてもらいたい……資本力にも余裕があり回収のしっかりできる会社で、何度となく取引をしている実績のある会社なんだが……まさか契約が全く進んでいなかったとは思わなかった」

それはもう何度も聞いた、とは言えず、玲は「はい」と答えた。

「明日シンガポールに出向き、直接契約を取り付けてきます。必ず、締結してきます」

「相手は、かなり怒っているしうちに不信感を持っているから、慎重に。とはいえ、君はG社の社長とアメリカで取引をしていたから、大丈夫だとは思うが……前任の横領した金は、とりあえず会社の負担とする。しかし、その分の収益を出さないといけない」

契約の方はどうにかなると思う。G社に直接電話を入れたところ、担当替えを了承し、玲になったことも歓迎してくれた。

だが、先方は相当怒っていた。別に他の会社でもいいんだぞ、とはっきり言ってきている。今回の人事は、玲がG社と面識があり、アメリカでの仕事を高く評価されていた点を踏まえて、わざわざ部長のポストに玲を就けたのだろう。

日本への異動希望を出していたとはいえ、さすがに昇進が早すぎるし、帰国もまだ先だと思っていたから驚いたのだが、そうした裏事情があったようだ。

「結果は必ず出しますので、お任せください」

「しっかりやってきてくれ。君はくれぐれも、間違いを起こさないでくれよ？　もう警察沙汰はこりごりだ。マスコミを抑えるのも大変だった」

起こすわけがないだろ、と玲は内心で独り言を言った。

「最善を尽くします」

「期待している」

「ありがとうございます」

玲は話を終わらせ、会長室をあとにする。

そして、ため息をつきながら広い廊下を歩き、モヤモヤする気持ちを呑み込んだ。

「横領なんて誰がするか。電子上の金は金じゃない、札束はただの紙切れ。金だと思う方がおかしい。それがわからないヤツは行員や証券マンなんてできないだろ。前任のバカと一緒にするな」

抜け道さえ知っていれば、電子送金で自分の口座に金を入れるなんて、簡単にできそうだと思う。

しかし、本当にそんなことをして破滅するなんて馬鹿以外の何ものでもない。

そもそも、横領なんて起訴されてもおかしくないれっきとした犯罪だというのに、やるヤツの気が知れない。

そう思いながら配属されたばかりのオフィスへ向かった。

玲がオフィスの中に入ると、一斉にこちらを見た部下たちに内心ため息をついてデスクに着いた。

「部長、それでどうなりました?」

「敬語はやめてくれないか? 石川《いしかわ》」

同期入社の石川悠人《ゆうと》は現在課長だ。本人は、出世コースから外れていると言いながらも、課長にまでなっているのだからそんなことはないだろう。入社当時は、あまり出世したくないと言っていた石川だが、かなり頑張っていると思う。

「順当にいけば、俺が部長だったのに、野上に先を越されるとはね」

「そこまで望んでないくせに、何言ってるんだ？　こんな面倒な席いつでも譲ってやるよ……俺は日本に帰ってきたかっただけなんだから」

はぁ、と大きく息を吐くと、石川もまた同じように大きく息を吐いた。

「俺は、部長……朝原《あさはら》さんを何度もせっついていたんだ。まさか、金だけもらって契約を進めてないなんて思わなかったんだよ。朝原さん、そういうことする人じゃないと思ってたし」

犯罪なんてものは、大概そういう人じゃないと思われてるヤツがやってたりするんだよ。という悪態を呑み込んで、玲は目の前に立っている石川を見る。

確かに前部長の朝原はとても人望があり、優しく、公平な仕事をする人だった。しかし、横領が発覚した時点で、すでに警察に身柄を引き渡されている。

金融業に携《たずさ》わる人間の中には、稀《まれ》にたくさんあるお金を見ているうちに横領を考えてしまう人がいるというのは知っている。

だからこそ、札束は紙切れ、電子上の数字はただの数字と思うべきなのだ。

「……何も聞かされてなかったから、今回の件は寝耳に水で驚きの連続だ。とにかく、明日からシンガポールに行って平身低頭謝って、絶対に契約を締結させなければならない。謝るのは俺がするから、その代わり石川には、書類とパソコンの管理、ネット送信を任せるからな」

「了解した。これで名誉挽回《めいよばんかい》できないとヤバイよな？」

石川は前部長の補佐の一人だったので、この契約がどれだけ重要かわかっているのだろう。さすがに顔色を悪くしている。

「挽回するに決まってる。そのために綿密な計画書を作って、ゴーサインが出たんだ。結果を出すぞ、石川」

「ああ」と、返事をした彼は、大きく深呼吸をしている。

そんな石川に、玲は告げる。

「二人分の出張申請はしておいた。別案件の稟議書と、他の仕事は終わってるな？」

「……終わってる」

「じゃあ、この話は明日だ」

声もなく石川が頷く。同期とはいえ一応玲は上司だ。声を出して返事をしろとちらりと思ったが、どうでもよくなった。

「石川、あとでランチミーティングをしないか？　日本に帰ってきたばかりで、部署の中がどうなってるのか知っておきたい」

「わかった。佐島《さじま》さんにも声をかけておく……彼女は主任だし、信頼できる。確か、お前の高校の後輩だったよな？」

前は部署が違ったが、今は異動したのだろう、玲の部下になっている。

「任せる。話の続きはランチの時に」

玲が言うと、石川は頷いて自分のデスクに戻っていった。

だがすぐに振り返り、玲に向かって笑みを浮かべた。

「野上、ありがとう。野上なら、やってくれると信じられる……シンガポールでは、土下座でもなんでもするからな」

「土下座なんていいよ……でも、ランチはいい店にしてくれ」

わかったと言って、今度こそ石川は自分のデスクに戻り、パソコンを開いていた。

玲は大きなため息をつきながら、上手い話になんて乗るものじゃないな、と後悔する。なんで急にポストが空《あ》いたのか、もっと疑問に思うべきだった。

もともと希望していた日本勤務。部長昇進を打診される前から考えていた離婚。

「日本勤務を希望して、帰ってきた理由なんて……」

理由の一つには、そのうち実家の仕事を継ぐためというのがある。

玲の実家は、曾祖父《そうそふ》の代から続く公認会計士事務所で、いい顧客も多い。今すぐではないが、ゆくゆくはそこを継ぐと決めていた。

そのつもりで、社会人としての知識や経験を深めるために、今の会社に就職したのだ。

それに、離婚のためにいろいろと準備をしていたが、転勤はいいきっかけになったと思う。

妻だった奈緒とは二年近くセックスレスだった。毎日玲を好きだと言いながら、彼女には身体の関係を持つ相手が別にいた。玲がそれを知っているとわかっていながら、彼女は夜、自分を誘ってくる。玲も寝ている同じベッドで、浮気相手とセックスしているとわかってからは、気持ち悪くて別の部屋で寝るようになっていた。

結婚生活はとっくに破綻《はたん》していたのに、情だけでいつまでもだらだらと結婚生活を続ける自分は間違っていると、ようやく踏ん切りがついたのだと思う。

そんな生活の中、帰国した時にだけ会う珠莉は、変わらずに白く美しい肌をしていた。黒い瞳が綺麗で、いつ会っても男の影も匂いも全くしない。

毎年、正広から珠莉は誰とも付き合っていないようだと聞かされるたび、あの白い肌はまだ玲のものだ、玲しか知らないのだと、密かに思いを募《つの》らせることしかできなかった。

しかし、日本に帰ってきたという安堵感が珠莉への恋情を増幅させて、ただ見ているだけの関係でいるのはもう無理かもしれないと思い知らされた。

引っ越しの荷解きを手伝ってくれた時、一目見て惹かれた首の細さや、色白の肌から目が離せなくなり、華奢《きゃしゃ》な身体に手を這《は》わせたい欲求を強く感じた。

あの日、彼女に聞かれるままついいろいろと離婚した時の話をしてしまったのを、後悔している。自分に対する珠莉の心証が悪くなってしまうのは耐えがたい。

「シンガポールから帰ったら……」

直帰してもいいだろうか。シンガポールから帰ってきた翌日は土曜日だから、きっと時間が取れるはずだ。

珠莉に連絡をし、自分の気持ちを伝えようと思った。

一度は別れ、しかも別れた寂しさから別の女性と結婚までして、結局その人とも離婚したような男だが、今も君が好きだ、と。

珠莉に心からの思いを伝えようと、玲は秘かに決意するのだった。

☆

シンガポールでのG社との話し合いは何時間も続き、二日かかってどうにか契約を締結するところまで持っていけて、玲は心からホッとした。

会社が損をすることはないが、当初の契約内容よりもこちらが譲歩した形になった。

報告を入れると、よくやった、と言われた。しかし、もうこんな他人の尻拭いのために自分がリスクを負うような仕事はこりごりだと思う。もしこの契約が上手くいかなかったら、社内での玲の評価が落ちていただろう。

昇進を受けた傍から評価を落とすようなことは、さすがにしたくなかった。

「野上、俺、首繋がったよな？」

契約締結を終えて、ポツリと呟いた石川に、玲は頷いて軽くその肩を叩く。

「しっかりしろ。いい方向で終わった。明日は帰国だ」

ようやくという感じで肩の力を抜いた石川に微笑むと、彼もまた力なく笑った。

「やっぱ、同期の中でも抜きん出てただけのことはあるな……顔もいいし、最近独身になったけどさ……これから順調に昇進していくんだろうな」

ホテルへ向かう車内で、ネクタイを緩めながら言う石川の言葉を聞き、玲は首を横に振る。

「そんなことない。俺は、まぁ、真面目にやるしか能がないから」

玲は目の前の仕事に真摯《しんし》に向き合うことしかしていない。ただ、それで今の結果があるのだとすれば、その気持ちがきちんと相手に伝わっているのだと、そう思う。

「結婚していた方が出世しやすいとはいえ、正直、砂川《すなかわ》さんはないと思ったけどな。今だから言うけど、美人でも、生活が派手で有名だったから」

石川が急に元妻のことを言った。砂川とは元妻の旧姓だ。言葉の内容から、ずいぶん前から元妻のことを知っていたのだとわかる。

「……その手の噂は、俺は鈍感で疎《うと》いんだよ。フランスでは毎日好きって言われてたし、そこは俺も男ってことだ……それに仕事もできる人だったし、相手としては悪くなかった」

「野上は優しいところあるし、真面目だから……でも野上とは合ってなかったと思う。前の部署の先輩だったけど……男関係もなんかなぁ、悪気がないっていうか……寂しかったんだろうけど」

石川が元妻と一緒の部署だったのは、彼女から聞いていた。元妻は、石川をやる気のないできる男、と称していた。

石川の言うことを結婚前に聞いていたら、付き合い方も慎重になったかもしれない。しかし、元妻が玲を好きだったのは本当だ。

彼女が毎日自分を好きだと言い続けていたその裏には、玲が奈緒のことを本心では愛していないのをわかっていたからなのかもしれない。離婚後、いつか振り向いてくれると思っていたと言われた時は、申し訳なさにため息しか出なかった。

セックスレスになったのはアメリカ勤務になってしばらくしてからだった。そのあたりから、奈緒の浮気が始まり、原因が自分にあるとはいえ、もう関係を修復する気にはなれなかった。

ただ、言い訳かもしれないが、せめて奈緒が浮気をせずにいてくれたなら、きっと結婚生活はまだ続いていたかもしれない。それくらいには彼女に対して情があり、嫌いではなかったからだ。それに、結婚したからには、という責任感もどこかにあった。

「石川の言う通り、確かに自分たちは合ってなかったけど、俺も大切な人と別れて寂しかった気持ちがあったからお互い様だ。でも、これからは、自分の気持ちをもっと大切にするよ。再婚するしないは別として」

「そっか……」

「ああ」

それよりも、と石川は玲の方を向き、居住まいを正すと深く頭を下げた。

「今日はありがとうございました、部長」

きっとずっと責任を感じていたのだろう。今日の石川はいつも以上に、気合が入っていたし、資料の提示や代替えの話も上手かった。

彼は今日のために何度となくシミュレーションをしてきたのだと思う。

「これからもよろしく」

ホテルへ到着し、タクシーから降りると玲は石川を見た。

玲は石川の肩を叩いて彼と並んでホテルの中へ入る。

その後、部屋へ入ってすぐに、正広からのＬＩＮＥを見て驚いたのだ。

そこには、珠莉と全く連絡がつかなくなったし、家にもいないみたいだ、とあった。

☆

珠莉と連絡がつかなくなった、というメッセージを見るなり、玲は急いで彼女に電話をしようと思った。

しかし、仕事の電話をしなければならない。契約締結については先に報告を入れていたが、詳細は後ほど連絡としていた。仕方なく上司に電話を入れると、質問と今後のことを事細かにヒアリングされる。それらに丁寧な説明をしていたら、思った以上に時間を取られてしまった。

結局、彼女に電話をかけられたのは少し遅くなってからだった。

時差が気になったが、出てくれた時は心から安堵した。彼女に何かがあったのではないかと、内心かなり心配していたからだ。

電話で話した珠莉は酷く憔悴《しょうすい》しているようであり、たぶん寝ていなかったのだろう。会話の途中で電話口から寝息が聞こえ始めた時は、身体だけでも休めたことにホッとした。

そこで電話を切らなかったのは、どうせ誰もいなくなっちゃうと、眠りに落ちる直前、彼女が言った言葉が気になったからだ。

なぜ彼女がそんなことを言ったのかわからないけれど、それならせめて、電話越しでも、傍にいたいと思った。

シンガポールから帰国後、すぐに彼女の家に向かった。

珠莉と連絡が取れない間、彼女は自身の母親を亡くしていた。

聞くと、珠莉の母は、ずっと身体の具合がよくなかったらしい。

しかし珠莉はそうした話を先日会った時にはしなかったし、そんな素振りも見せなかった。それもまた珠莉らしい、と玲は納得する。

彼女は芯が強く、一人でも問題に立ち向かっていける人なのだ。

自分に何ができるかわからないが、玲は珠莉の家へ行き、ただ、傍にいて話を聞こうと思った。

見覚えのあるアパートは、玲が帰国しなかった六年分、劣化していた。

付き合っていた時、何度か来たことがあるその建物から、珠莉は引っ越していなかったようだ。

当時まだ新しかったこのアパートは、綺麗な物件の割に賃貸価格も手頃で、駅からも割と近いから、引っ越す理由がなかったのだろうが。

初めてこのアパートに来た時は、この子の恋人になれてよかったと感じたものだ。

彼女の部屋は、どこか温かみのあるふんわりとした雰囲気があった。家具もカーテンも、既製品だとわかるのに、そこかしこに珠莉らしさを感じて、清潔な匂いが心地よかったのを覚えている。

一度離してしまった手を、もう一度繋ぎたい気持ちが強くなっていく。

七年前は、自分と珠莉の手はしっかり繋がっていて、心から愛し合っていた。

「あの時、フランスについてきてほしいって、言わなければよかったのかもしれないな」

彼女は社会人一年目。希望の職に就き、仕事にやりがいを持っていた。時に落ち込み、迷いながらも前へ進もうとしている途中だった。

玲はもうすでに社会人七年目となっており、確実に会社での地位を築きつつあり、充実していたと同時に転機が訪れていた。

フランス行きは大きなチャンスでもあり、年齢や立場的にも今後の人生を左右するものだった。

いずれ地元に帰り、実家の公認会計士事務所を継ぐとしても、いい経験になるだろう。

なので、結婚は玲にとって自然な流れで、当然の提案だった。

玲は女性である珠莉は、きっとフランスへ一緒に来てくれると、心のどこかで信じていた。

そして、女性だから退職もしやすいと高をくくっていたのかもしれない。

「浅はかだったな、あの頃は……」

別れたあとも、珠莉に会うたびに、かつての恋情を思い出した。

日本から帰国し、妻のいる家に帰ることで、自分はもう結婚しているのだと言い聞かせた。そして妻から向けられる好意と夫婦生活を受け入れ、これが結婚なのだと諦めにも似た悟った思いを抱いて暮らしていた気がする。

「自分がバカなのは重々承知。でも、できればまた、珠莉と手を繋ぎたい」

そうして、彼女のアパートから少し離れたところで立ち尽くし、目を閉じる。

大きく深呼吸しながらもう一度アパートを見ると、外出していたらしい珠莉が、ちょうど帰ってきたところだった。

手に大きな荷物を持って、小走りでこちらに向かってくる。

その様子を見て、なんだか珠莉らしい感じがして思わず微笑んでしまった。

もう一度、彼女に振り向いてほしい、そう願うしかない。

たぶん彼女にも、玲と同じ気持ちが少しは残っているはずだから。

もし次があるなら、今度こそ、珠莉との恋を大事に育てていきたい。

そう願わずにはいられなかった。

6

玲と電話で話した翌朝。

日の光で目覚め、目は腫《は》れぼったいものの、不思議と頭はすっきりしていた。

かなり寝ていたらしく、もうすでに午前八時半を過ぎていた。

「お母さん、おはよう」

テーブルの上に置いたままの母の遺骨に挨拶《あいさつ》をし、四十九日が終わるまで遺骨を置いておく場所を考えて、珠莉は部屋の中を見回す。

しかし、すぐには決めきれなくて、とりあえずベッドから下り、顔を洗いに行くことにした。

冷たい水で顔を洗って、気を引き締めた。リビングへ戻ると、テーブルに鏡を置き、化粧道具の入ったバッグを開けてメイクを始める。

いつも通りのメイクだが、今日は気持ちチークを濃くしてみた。顔色がいつもよりよくなったように見えて、鏡の前で何度か瞬《まばた》きする。

「こういうメイクもいいかも……私には似合わないって、決めつけてたけど」

薄いピンク色のチークをほんのりしか乗せなかったが、今日くらい濃く入れると、なんだか若く見えていい感じだった。

「これからは、ちょっとずつメイクも変えていこうかな……」

特に落ち込んでいる時は、少し明るいメイクをしただけで気分が上がりそうだ。

大きく息を吐いて、テーブルに置いている母の遺骨を見る。それからもう一度部屋を見回して、ローチェストの上に置こうと決めた。

線香とそれを立てる香炉などを買ってこようと思う。花やろうそく立ても、と思ってスマホで検索するとセットがあるようだった。

この辺で仏具店を探すと、意外にも近場にあって、そこで購入することにした。

「お花を買って、ちょっとしたお菓子も買って……あ、お母さんがあらかじめ用意してたお墓にも連絡しないと」

やることがたくさんあるので、珠莉は紙を取り出しリストを作った。

死亡届を役所に提出し、戸籍の抹消を一緒にしてもらう。その他、必要な書類をもらってきたりと、忙しい。

もともと母が住んでいた賃貸は引き払っているし、父が相続で所有していた土地については母がすでに全部手続きを済ませているので、改めて珠莉がすることはない。

けれど、財産というか、母の貯金については一応確認する必要がある。金額は少ないから、保険金受取を加味しても相続税はかからないと聞いていた。

その辺は、今日は難しそうなので、あとに回そうと予定を組む。

「やることいっぱい……大丈夫かな……」

そこで思い出したのが玲の顔だ。

今日、シンガポールから帰国したあと、珠莉の家に来てくれると言っていた。

大学を卒業してからずっとアパートの更新を繰り返し、引っ越しを考えたことはない。ちなみに模様替えもほぼしていないから、六年前と全く変わらない。

そもそもここは、利便性も悪くないし、割と静かで居心地がいい。部屋は五階建ての三階で、一度エアコンが壊れたが、すぐに新しいものと交換してもらえたし、管理が行き届いている。

付き合っている時、玲も何度か来たことがあり、泊まっていったこともある。

「そういえばここでは、キスしかしなかったなぁ……」

キスしか、と言ったことで、当時を思い出してしまった。

ボンッ、と顔が熱くなる。

珠莉の初めては玲だった。玲以外の男の人と付き合ったことはないし、結局今も珠莉は玲しか知らない。

「思い出しちゃダメだ！」

と言っても思い出してしまう。

母が亡くなり一人きりになってとても不安で、悲しい気持ちがあるのに、珠莉は玲のことばかり考えている。

「お母さんも呆れるよね……お母さんを亡くしたばかりだっていうのに、男の人のことを考えてるなんて」

結婚を考えていたのは、母を安心させたかったのもあるが、一人きりになるのが怖かったのもある。

もちろん社会に出て、きちんと仕事もしている。それに、心配してくれる友達や頼りになる同僚だっているのだから、完全な孤独ではないと思う。

けれど、離れて暮らしていたにしても、たった一人の肉親がいなくなる不安は、どうしようもない。

『……俺は君の家族でも友達でもないけど……君が望むなら、傍にいる』

一人きりになりたくなくて結婚を考えていたのに、元カレに弱音を吐いて甘えてしまった。

今更、玲でこの不安を埋めるのは違うと思う。

「頭おかしくなってる……私ってこんな恋愛体質だったっけ？　違うはずなんだけどな……」

不安になってるから、誰かに傍にいてほしいと思ってしまっただけ。

大切な母親を亡くし、気持ちが弱くなっているのかもしれない。

「いやいや、頑張らないと！」

珠莉はやることを書いたメモをバッグの中に入れる。

出かけるために着替えようとしたら、お腹が鳴ってしまった。

昨日までは空腹も感じなかったのに、今日はちゃんとお腹が空《す》いている。自分は大丈夫だ、と珠莉はキッチンへ向かうのだった。

☆

役所で必要な書類を全部揃え、その説明を受けるだけで半日かかってしまった。もっと早く家を出ればよかったと反省する。

途中でおにぎりを一個買い、ベンチで食べた珠莉は、今度は仏具屋へ向かった。

なんだかんだと一式揃えるとそれなりの値段になる。店で仏壇の購入も勧められたが、一人暮らしの賃貸に置けるはずもなく、断った。

セットの中から不要なものを外して、品物を厳選していたら時間がかかってしまい、気付けば夕方になっていた。

「なんか疲れた……」

珠莉は適当にご飯を買って家に帰ろうと思った。

そこで数時間ぶりにスマホを見ると、メッセージが数件届いていて、全て玲からだった。

慌てて内容を見ると、日本に帰国する時間や珠莉の家に着く時間などを知らせてくれていた。

乗る。

「え!?　あと一時間くらいで家に着く!?」

いけない、と思って珠莉は慌てて近くにあるオシャレなスーパーへ入った。美味しそうなお弁当が並ぶ中、玲は昔こんなのが好きだった、と思うものを手に取り、自分の分も選んで急いで電車に乗る。

ぎりぎりの時間に家に着きそうだと考えていたら、案の定、アパートに着いたのは約束の時間の十分前だった。

エントランスに入ったところで、玲とばったり会って、瞬《まばた》きして彼を見上げる。

「お帰り、珠莉」

そう言った彼はスーツケースを持っていたし、スーツ姿だった。シンガポールから帰ってきて、そのまま来てくれたのがわかる。

「ごめんなさい！　用事があって、今やっと帰ってきたところで……野上さんも、お帰りなさい」

テーブルの上、散らかってるんだけど、と思いながらエレベーターのボタンを押した。

「俺も今来たところだけど……すごい荷物だ」

珠莉が持っている仏具の袋を自然に持ってくれて、左手が軽くなる。実は割と重くて、電車の中で何回も持ち直していた。

スーツケースを引っ張る玲に持たせるのは悪いと思いつつ、ありがたく持ってもらった。

「ありがとう」

「いいえ」

やってきたエレベーターに乗り込んで、玲が迷わず三階のボタンを押した。住む場所は変わっていないのだから、知っていて当たり前だが、覚えてくれたのを嬉しいと思ってしまう。

「部屋、散らかっていますけど……」

クスッと笑った玲は、珠莉を見て頷いた。

「忙しかっただろうし、気にしない。ところで、昨日は玲って呼んでくれたのに、今日は野上さんで、やっぱり敬語なんだ？」

昨日は昨日のことだと、珠莉はキュッと口をつぐんだ。

今もそうだが、珠莉は弱っている。昨日はもっと弱っていたのだから、ちょっと失言したと思ってほしい。

「昨日は、私もいっぱいいっぱいだったし……つい、昔みたいに呼んでしまって、申し訳ないです」

とはいえ、玲はもう離婚しているのだから、呼び捨てにしても問題ないとは思うが。

けれど、元カノとはいえ、一年に一回会うだけの、恋人でも友人でもない自分が、彼を呼び捨てるのはやっぱり何か違うと思った。

「珠莉は真面目だから、元カノが呼び捨てなんて馴れ馴れしすぎるって思ってるんでしょ？」

玲がそう言ったところで、三階に着いて、彼が先に珠莉の部屋に向かって歩き出す。

「ここだったよね？」

「……そうです」

やっぱり覚えてくれていることが嬉しいと思う珠莉がいる。もともと、好きだったし、なんなら今でもドキドキするくらいだ。

それに、玲は今も、少なからず珠莉のことを思ってくれているのではないか、と思うことがある。

しかし、そこでハッとしてその考えを打ち消した。

玲は先日、離婚したばかりなのだ。日本に帰ってきたからといって、昔の感情に揺さぶられていいわけがない。

彼とは、もう、ない。

もう、そういう感情は持ってはいけないのだ。

そんな風に思うのは、きっと気持ちが弱くなっているからだ。それに、離婚したばかりの人にこんなことを思うのは、元奥さんにも悪い気がした。

珠莉は部屋の鍵を開け、先に靴を脱いで上がった。七年間変わらない1Kの部屋は入って数歩でキッチンや浴室、トイレのドアがある。

ベッドとテーブル、ちょっとした収納を入れるといい感じにスペースが埋まった。入った時は新築だったので、今も割と綺麗な物件だ。

「前と配置も変わらないね」

「変えようがないっていうか……座布団、出しますね」

クローゼットから座布団を出して、玲にどうぞ、と言うと彼はスーツの上着を脱いだ。

「あ、ハンガー……」

もう一度クローゼットを開け、ハンガーを取り出し、彼の上着を受け取ろうとした。

「大丈夫、自分でやるから」

そう言って上着をハンガーにかけると、クローゼットの上部にあるフックに掛けた。ドアやクローゼットに取り付けられるフックで、昔、珠莉が玲の上着を掛けるために用意したものだった。

「このフック、ずっとあの時のままここに？」

「あ……なんとなく、そのままで……私は、そこに掛けるものは、ないから」

彼が珠莉の家に来たのは、今回で四度目だ。玲がフランスへ行く前、付き合っている時は、三回来たことがある。

けれど、珠莉はこの部屋で彼と抱き合ったことはない。なぜなら、ここに来るのは主に仕事帰りにデートしたあとや、レイトショーを見たあと、家まで送ってくれた彼にお茶を出す時などだった。

玲とそういうことになるまで珠莉は行為が怖くて三ヶ月ほどかかったし、本当の恋人になってからは、彼の家に行くことが多かった。

「座っていい？」

「どうぞ……今コーヒーを淹《い》れます」

もともとインスタントが苦手なので、そんなに高くはないが、ある程度有名なところのコーヒーパックを常備している。

サッとコーヒーを準備して玲の前に置くと、珠莉も彼の前に座った。

玲は居住まいを正し、珠莉に頭を下げた。

「この度は、ご愁傷《しゅうしょう》様です」

丁寧にお悔やみの言葉を口にした玲に、珠莉もまたきちんと座り直し、頭を下げる。

「ご丁寧にありがとうございます」

「お母様はご病気で？」

玲の問いに珠莉は頷いた。

「はい、癌《がん》でした。余命宣告をされてホスピスに入っていました」

そうか、と言った彼は顔を上げて珠莉を見る。

「この前、お母さんの具合について言わなかったのはなんで？」

珠莉は少しだけ笑った。

「言っても、心配させるだけだと思ったから……私が見送ってくれればそれでいいって、母も言ってくれてたし」

「……そうか……大変だっただろう？」

「そうでもないです……母は生前に自分でいろいろと準備してくれていて……お墓もきちんとある

し、お葬式の貯金も別に残してた。私に迷惑をかけたくない、って……だから一人でもなんとかなりました」

玲は黙って頷きながら話を聞いてくれていた。

こうやって人に話すだけでも、少し心が軽くなるんだな、と思った。

「まだ、このことは美優紀ちゃんにも正広にも話していないんだろう？」

「はい」

「今度会ったら話さないとね。すごく心配してたから……それこそ、俺に何度も電話しろって言うくらい。俺が電話したら迷惑かもしれないって正広には言ったけど……話を聞いてるうちに心配になった」

そうだよね、と珠莉は、彼に頭を下げた。

「ごめんなさい」

玲はただ笑って、ローチェストに置いてある母の遺骨に目をやった。

「結局……お母様とは、会ったことなかったな」

「そう、ですね。紹介する前に、会う関係じゃなくなったし」

笑って言う珠莉に、大きくため息をついた玲は、コーヒーカップをテーブルに置いた。

「珠莉、お母様に挨拶《あいさつ》をしていいか？」

「はい、もちろんです」

玲は珠莉の用意した簡易仏壇の前に移動し、線香をあげて手を合わせる。

そのまましばらく目を閉じていたあと、目を開けて頭を下げる。

「この部屋に来るのはずいぶん久しぶりだ。また来られるとは思わなかった。ここにいると、珠莉と付き合っていた頃を思い出す」

テーブルの前に戻ってきた玲は、一口コーヒーを飲んだ。

「別れたあとも、毎年、なんだかんだで美優紀ちゃんや正広に、君に会わせてもらってた。迷惑も考えず、会社まで迎えに行ったりして……珠莉は俺に会いたくなかっただろうけど」

彼がフランスへ行って一年近く経った頃、正広に飲みに誘われて行ったら玲がいた。別れる前と全く変わらない、色気のある素敵な人で、一気に気持ちが引き戻された。

目の前にいると、彼の服の下だって思い出せた。でも、玲の薬指には指輪があって、結婚したと聞いた時は、すごく、ものすごく、ショックだった。

この前まで珠莉のことを好きだと言っていたのに、こんな短い期間で心変わりをするなんて。玲のことが少なからず憎くなった。

しかし、フランスへついていかなかったのは珠莉自身で、玲のことは好きだったが、好きな仕事からも逃げたくなくて、別れを選んだのも自分。

だから、しょうがないことなのだと、そう言い聞かせてきた。

それでも、玲に会うたびにいつも劣情に駆られ、バカみたいに好きな気持ちを揺さぶられた。

玲とは一度別れている。

別れた相手をもう一度好きになるのが嫌で、彼とは一線を引き、名前で呼ぶこともしなくなった。

もう自分とは関係のない相手であると、無理やり気持ちを整理して、思いを断ち切ったのだ。

「そうですね。別れてすぐに結婚したって聞いて、辛かったし、会いたくなかったです」

珠莉は今まで心で思っていても一度も言わなかった思いを、初めて口にした。

「ごめん。結婚は自分で選んだことだし後悔はしていないんだ……。正直に言うと、君と離れて寂しかったのもあって、妻だった人と関係を持った……今は弱かったと思ってる。でも、たとえフランスに一緒に行けなくても、遠距離では続けていけると思っていたから、君から別れると言われて俺も辛かった」

珠莉がこれ以上付き合っていくのは無理だから別れると言った時、玲は悲しそうな顔をして首を横に振った。

『俺は君と別れたくない、珠莉』

でも珠莉は、フランスと日本じゃ遠すぎると思っていた。その時は言わなかったが、玲ほどの男性ならきっと、珠莉という恋人がいても、別の誰かができそうだと思っていた。

「野上さんは、イケメンだし、仕事もできるから……周りの人が絶対放っておかないと思ってました。浮気されたら悲しいし……フランスは遠すぎました」

思い返しても、あの時に時間は帰らない。

しかし、もう一度六年前に戻っても、珠莉はきっと同じ選択をしたと思う。ずっとやりたかった念願の仕事だし、そのために大学で勉強も頑張った。

珠莉と別れたあと、玲は六年日本に戻らなかった。その間珠莉も、人として少しは成長できたし、仕事で経験を積み、校正者として知識を向上させることもできたと思っている。

「辛いこともあったけど、私、後悔していないんですよ、野上さんと別れたこと。でも人って、一度抱《いだ》いた気持ちを、なかなか忘れられないんですよね」

そう言って珠莉が笑うと、玲も微笑んだ。

「そうだね。俺も、結婚してからもずっと、忘れられなかったんだ、珠莉。心の奥底にはずっと、君がいた。こんな時に言うことではないけど、俺はもう一度、君と恋人に戻りたいと思っている」

「……え」

玲の言葉に一度目を閉じて目を見開くと、彼は可笑《おか》しそうに笑った。

「そんなに驚くこと？」

「だって……なんで私？　……わかんない……元奥さん、すごく美人だったじゃないですか」

口ではわかんないと言いながらも、気持ちは急速に玲に向かってしまう。

彼の顔を見るたびに揺り起こされる恋心は、いつもどこにも行けず持て余すばかりだった。

「別に美人が好きなわけじゃないけど、珠莉はすごく可愛いよ。俺は君の、色白の肌とか、真面目な性格とか、頑張り屋なところとか、全部が好きだ。目元に浮かぶそばかすも魅力的だと、会うたびに思ってる」

前に言われたのと同じことを言われ、珠莉は顔が赤くなるのを止められなかった。

珠莉が顔を上げると、玲は一度視線を下に向け、そしてまっすぐ見つめてきた。

「珠莉は、俺と別れたあとの六年分、成長して大人になった。確かに、離れていた時間は戻ってこない……でも俺たちには、未来がある。別の女性と結婚していたような俺でもよかったら、もう一度、選んでくれないだろうか？」

玲は都市銀行系列の証券会社で、役職に就いている海外帰りのエリートで、これから先もずっと昇進していくだろう人。

「選んでくれなんてそんな……玲は、選ぶ方でしょう？」

思わずそう言ってしまう。今だって正面からじっと見つめられて、ドキドキと心臓が高鳴ってどうしようもないのだ。

「私はもう、二十九歳だし……玲こそ、私でいいの？」

彼とまた付き合うなんて、絶対にないと思っていた。

「珠莉が珠莉なら、きっと何度だって選ぶと思う。……君が好きだ、珠莉」

彼の手がテーブルの上に置いていた珠莉の手を包む。この温かくて大きな手は、よく覚えている。

珠莉と玲は一度別れた。

理由はお互いに譲れないものがあったからだ。

だから彼は、今は珠莉にとって恋人でも、友人でもない相手。

ずっとそう強がって、彼への思いを断ち切ったつもりでいた。そうやって珠莉は、この六年、自分の気持ちを見ないようにしてきたのだ。

だが本心では、珠莉もずっと、玲が好きだった。

「あの時、フランスについていかなかったことは、後悔していない」

けれど、もし一緒にフランスへ行っていたら、と考えなかったわけじゃない。

「でも、もし私がフランスへ一緒に行っていたら、玲は別の人と結婚しなかったのにって……そう思ったことは何度もあった」

珠莉が本当の気持ちを言うと、玲は少しだけ、重ねた手に力を込めた。

「そうだな……ごめん珠莉……君を傷付けて」

でも、と玲は言葉を続ける。

「それでも俺は、君を諦めきれない」

玲の言葉は、珠莉が特別だと伝えてくる。

「ずっと忘れられない。変わらず好きなんだ、珠莉」

彼の告白に珠莉の胸は高鳴る。そして珠莉の手を包む玲の手の温かさに女心が疼《うず》き、胸がキュッとなる。

彼と会うたびに蓋《ふた》をしていた恋心、そして揺れる彼への思い。どう足掻《あが》いても、やっぱり珠莉は彼のことが好きだった。

「私も、玲しかいない」

端的に、今の自分の気持ちを言葉にすると、顔が熱くなってきた。

「珠莉、俺と、また付き合ってくれる？」

玲の言葉に、珠莉は頷くことしかできなかった。

そっと顔を上げると、彼は笑顔だった。珠莉が直視できない、素敵な笑顔。

「玲の笑顔って、ほんと眩《まぶ》しい」

目を逸らすと、彼は少し声に出して笑って、珠莉、と名を呼んだ。

「前みたいに、玲って呼んでくれて嬉しい」

いつの間にか、前のように呼び捨てにしていた。

「本当はね、別れたあとも、玲がずっと珠莉って呼んでくれるの、嬉しかった」

「珠莉……これからはずっと、俺が傍にいる」

ずっと傍にいると言ってくれたことが嬉しくて、珠莉は涙腺が緩んだ。

顔が赤い上に、涙目でちょっと恥ずかしい。でも、きちんと気持ちを伝えたい。

「玲だけが、好きです」

玲がこちらに手を伸ばして、指先で涙を拭ってくれる。玲の体温をいつになく身近に感じた。

母を亡くし、一人残されたという孤独感にさいなまれていた心が、一気に温かくなった。

7

玲と心を通わせた日の翌日。珠莉は玲のマンションに向かっていた。

昨日は、玲の本当の気持ちを知り、珠莉もまた素直に自分の気持ちを伝えた。

お互いに笑顔で、これからのことを考えていけることが嬉しかった。

お弁当を買ってきたと伝えると、玲はお腹が空《す》いていたらしく、ありがたいと言って一緒に食べた。その際、玲が今後の手続きについては手伝えるかもしれない、と言ってくれたのだ。

『相続関係の書類なんかは力になれると思う。明日は家にいるから、一日で終わらせてしまおう。準備しておくよ』

彼は最初、珠莉の家に来てくれると言ったが、さすがに自分のことをしてもらうのに申し訳ないと、こちらが玲の家へ行くと伝えて了承してもらった。

あとから、頑《かたく》なすぎて可愛くなかったかもしれないと思ったが、これが自分だから仕方ないと気を取り直した。

正直に言うと、玲の申し出はありがたかった。

『そういうところ、変わらないな』

玲はそう言って小さく微笑み、翌日の予定を決めて八時頃に帰っていった。

そして翌日、珠莉は早起きをして家のことを済ませ、午前中の割と早い時間に家を出た。途中、コンビニに立ち寄り、差し入れのお茶やちょっとしたお菓子を購入する。それを持って、地図アプリで玲のマンションを検索しつつ向かった。

彼の家は少し駅から離れているが、バスに乗って十分ほどで最寄りのバス停へ着き、そこから徒歩で五分程度の距離にある。バスの運行本数も多く、部屋は会社の借り上げと聞いていたが、ここを選んだのはきっと玲だろう。とても利便性がいい。

引っ越しの手伝いに行った時、秘密基地みたいな部屋のデザインを素敵だと思っていたから、実はもう一度来てみたいと考えていた。

でも、こんなにすぐ来ることになるとは思ってもみなかった。

『これからはずっと、俺が傍にいる』

思えば、ずっと玲のことが好きだった。

結婚したと知った時は恨んだし、もう自分とは関係ない人だと諦めもあった。だから毎年のように顔を合わせるのは、ちょっとだけ胸が苦しかった。

だから玲が離婚したと聞いて信じられなかったし、もう一度珠莉と付き合いたいと言われて驚いたけど……

「ずっと傍にいるって、言ってくれた……」

その気持ちが嬉しいし、何より玲と再び寄り添って生きていけることが、珠莉の心を温かくしていた。

玲に早く会いたくて足早に彼の家へ向かう。若干、道に迷いながら玲の家に行き着くと、一度深呼吸をしてインターホンを押した。

ほどなくして、鍵を開ける音が聞こえて、玄関のドアが開く。

「おはよう、珠莉」

「……おはよう、玲」

彼の普段着を久しぶりに見た。シャツとアンクル丈《たけ》のスラックスを着ているだけなのに、スタイルがいいから、すごくカッコよく見える。

「あれからちゃんと眠れた？」

心配そうに顔を覗き込まれ、珠莉は笑みを浮かべた。

「眠れた……まだちょっとクマがあるけど、お化粧で隠した」

目元を指さしながら言うと、彼の指が目の下に触れる。

「なんだかそんな感じだ……体調は大丈夫？」

珠莉は頷いて、持っていたコンビニの袋を見せる。

「一緒に食べようと思って、差し入れ……たいしたものじゃないけど」

「ありがとう」

袋を受け取った彼は、中身を見て微笑む。

その顔を見た珠莉は、唇を噛んで、ちょっとだけ息を止めた。

再度付き合うことになった玲。恋人フィルターが、彼の笑顔をより輝かせているみたいだ。

この笑顔は、また珠莉のものなのだと、少しだけそう思ってしまった。

彼が顔を上げ、珠莉が渡したコンビニの袋を玄関の棚に置いた。視線が合い、玲は珠莉を見たまま一度瞬《まばた》きをした。

綺麗な目をした彼は睫毛《まつげ》も長い。寝顔を見るたびに羨《うらや》ましいと思っていたのを思い出す。

珠莉の心臓がうるさく鳴り始める。玲はただ瞬《まばた》きをしただけなのに、きっと顔も赤くなっているだろう。

「上がって、珠莉」

彼の顔を見ると、時が止まったように目が離せなくなってしまう。

初めて見た時から素敵な人だった。それは今も変わらない。

「……あ、はい」

珠莉は靴を脱いで、彼の家に上がった。靴を揃えようと後ろを向こうとしたら、大きな手でそれを阻《はば》まれた。

「なんでそんな顔をする」

玲が珠莉を見て、大きく息を吸った。

彼の表情は、どこか切羽詰《せっぱつ》まったような、それでいていつもより色気が増しているような気がした。熱のこもった目が、珠莉を捉《とら》えて離さない。

「え？　そんな顔……？」

珠莉は自分の顔に手で触れると、その手を取られる。

「そんな風に、顔を赤くして見つめられると……」

玲がため息をついた。それは、酷く熱っぽい吐息のようだった。

「だ、って、玲が……」

どうしようもないほど、珠莉はドキドキしている。

玲の笑顔がずっと好きだった。魅力的な彼をより魅力的にする、優しい笑顔。あなたの方こそ、なんでそんな顔をするんだと言いたいくらいだ。

好きだから、ずっと好きだったから。

「玲が好きだから……」

珠莉がそう言うと、玲が強い力で抱きしめてきた。耳元で小さく、はっ、と息を吐いた彼が、珠莉の名を呼んだ。

「俺だって、ずっと好きだった……」

顔を上に向けられ、唇が重なる。

「ん……っふ」

まだ靴を脱いで、彼の家に上がったばかり。だけど、玲の笑顔を見た時から、もうすでに珠莉の心の中は彼でいっぱいになっていた。

こうして玄関でキスをされるなんて、予想もしていなかったけれど、嬉しくて愛しくて、珠莉は玲を抱きしめ返した。

開いた唇の隙間から舌を入れられる。それを受け止め、絡まる舌に応《こた》え、自ら舌を差し出した。

キスをしながら、ああ、これだ、と珠莉は思った。

ずっと、欲しかったもの。そして、本当に求めてやまなかったもの。

「珠莉……」

絡まる舌を解き、濡れた唇で玲が珠莉の名を呼ぶ。もともと色気のある彼が、さらに色気を増していて、珠莉の中に急激にある欲求が湧いてくる。

珠莉は玲しか知らない。

玲と別れたあと、彼のことを思い出すことは山ほどあった。そして、一年に一回会う彼に、恥ずかしくなるほど、身体が疼《うず》くことがあった。

それをやり過ごしながら、そうなる自分が恥ずかしく、おかしいと感じていたけれど、今、その答えが出たような気がする。

「私、ずっと玲が、欲しかったのかもしれない」

自分にはやりたいことがあった。もし彼についていっていたら、珠莉はきっと今、なんのキャリアもなく、仕事に未練を残していたことだろう。

あの時、別れたからこそ、自分はキャリアを積むことができ、仕事をする喜びも感じられるようになったのだ。充実している今を思えば、きっと必要な別れだった。

玲が結婚したのを悲しく思うことがあっても、それは自分が選んだ道だと納得するしかなかった。

だが今は、どれだけでも彼を求めていいのだと、珠莉は彼を見つめる。

「俺もずっとそうだ」

玲ははっきりとそう言って、珠莉を子供のように抱き上げた。首筋にキスをした彼は、珠莉を抱き上げたまま歩き、ロフトの下にある部屋の引き戸を開けた。

その部屋にはベッドが置いてあり、これからすることを悟った。

「今から私を抱くの？」

「ダメか？　俺は昨日から何度も珠莉を抱くことを想像した」

ベッドの上に下ろされ、珠莉の上に膝立ちになった彼が、チェストから何かを取って枕の横に置いた。それは、避妊のためのゴムだとわかっている。

「抱いていい？　嫌だったら、しない」

嫌だなんて言うわけがないし、言う理由もない。

上から自分を見下ろす玲の目は、珠莉を抱きたいという気持ちがひしひしと伝わってくるほど、情欲に満ちている。

「そんなこと言わない。それに玲だって……」

彼の足に手を近づけ、そこを軽く撫でる。彼の下半身はもうすでに少し反応していた。

「でもでも六年ぶりだから、ゆっくりしてほしい……」

期待で大きく深呼吸しながらそう言うと、微笑んだ玲が珠莉の胸の横に手をついてゆっくり覆いかぶさってきた。

「俺も緊張してるから、下手でも許してくれ」

玲の重みを受け止めると、身体が、心臓が、覚えている疼《うず》きを伝えてくる。彼の背を抱きしめると、しっとりと互いの唇が重なり合う。それから、深く熱く舌が絡み合うのはすぐだった。

☆

結婚している間も、ずっと忘れられなかった珠莉とのキスは、頭の芯が蕩《とろ》けるほどよくて、興奮した。

玲にとっては数年ぶりのセックスだ。

元妻の奈緒とは情で繋がってはいたが、その情がなくなってからは、夫婦としての営みは一切していなかった。もちろん、キスもする気が起きなかった。

性欲はそこまで強くなくなっていたのに、今は目の前にある白い肌を暴《あば》きたくてたまらなくなっている。

「珠莉……」

ため息混じりに彼女の名を呼びながら、ブラウスのボタンを外し、スカートを脱がせる。やや性急になっている自覚はあるが、それはしょうがないこと。

かつて何度も抱いた身体だが、六年間焦《こ》がれてやまなかった身体でもある。

「あ……っれ、い」

下着を取り去り、露《あら》わになった胸は以前と変わらず白く、形のいい小ぶりの乳房だ。触れると柔らかく、玲は唇を寄せて、そこを吸った。

珠莉は鼻にかかった息を吐き出し、耐えるような顔をする。

呼吸をするたびに、乳房が少しばかり震え、それがまた煽情《せんじょう》的でたまらない気持ちになった。

乳房の先端を吸いながら、珠莉の下半身へ手を伸ばし、ショーツの中に手を入れる。

指先で撫でると、そこはすでに潤《うるお》い始めていた。指の先端を彼女の中に入れると、難なく呑み込んで、潤《うるお》いを増していく。

「……っん！」

背を反《そ》らした彼女の反応が愛しく、まろやかな臀《でん》部《ぶ》を撫でると、滑《なめ》らかで柔らかい感触が玲の性欲をさらに刺激する。

華奢《きゃしゃ》ながら少し反《そ》った腰の曲線が、玲は好きだった。

「気持ちいい？」

彼女の首筋に顔を埋《うず》めながら聞くと、息を詰めて下唇を噛む。そこに唇を寄せ、その合わせ目を舌先で撫でると、うっすらと唇が開いたので、そのまま深いキスをする。

差し入れた舌に律儀に応《こた》える珠莉が可愛いと思う。しかし相変わらず舌の動きは少しぎこちなく、そこがまた好きだと、心の奥が疼《うず》く。

彼女の中の指を二本に増やし、押し広げるようにして何度も抜き差しを繰り返す。そのたびに濡れた音が大きくなり、珠莉の甘い声も増した。

「あ……っや……玲……っ」

「痛くない？」

玲の問いかけに何度も頷く彼女が、少しだけ目を開ける。

「も、ダメ……限界……っあん」

限界という言葉を聞いて、玲はクスッと笑った。こちらにも全く余裕はないのだが、玲の指で、玲がすることで、それほど感じている彼女を見て満足する。

玲は彼女の乳房を吸い、赤い痕《あと》を付けると、指を引き抜いて彼女の足の間に顔を移動させた。

大きく足を開き、自分と繋がる場所を見ながら、そこを舌で舐《な》め上げる。

「それ、いや……っ」

「前もそうだったね」

彼女を初めて抱いたのは、付き合って三ヶ月ほど経ってからだった。珠莉を知るたびに、可愛いと思うところが増え、愛しいという思いが募《つの》っていった。

さすがに我慢の限界で、玲が珠莉を誘ったのだ。

彼女は顔を赤くしながら、そうしてほしいと言った。

念願叶って愛しい珠莉を抱いた時、痛くないようにと彼女の秘めた場所を唇と舌で愛撫《あいぶ》した。

彼女はとても恥ずかしがりそれを嫌がったが、構わず続けると腰を揺らしながら感じていた。そのあと、やっと玲は彼女と繋がることができたのだ。

以前と変わらず、濡れて綺麗な色をしているソコに、早く入れたい気持ちが高まる。

「……珠莉、もう入れていい？」

玲の下半身はもうすでに反応しすぎて痛いくらいだった。スラックスの前を緩め、下着と一緒に下げると少しだけ楽になったが、早く彼女の中に入りたい気持ちがさらに強くなる。

枕元に置いてあるゴムのパッケージを歯で切り、中身を自身に着けた。

「ゆっくり、入れて……久しぶりだから、痛い、かも」

初めてした時と同じようなことを言われる。

珠莉の初めては玲が奪った。そしてセカンドバージンも、玲が奪うのだと思うと、大切にしなければという気持ちが湧き上がってくる。

六年前、玲は珠莉と付き合い続ける努力をしなかった。それでいて勝手に寂しくなり、騙《だま》されたとはいえ、別の女性と結婚してしまった。

あんなに珠莉を大切に思っていながら、なぜもっと努力しなかったのかと思う。

お互いに、あの時は仕方なかったと思う気持ちがあるのは確かだが、もっと他に何かできたのではないかとも思う。

遠回りをしてしまったが、こうして今、目の前に珠莉がいることに感謝したい。

そして、愛している相手と身体を繋げられる幸せを、早く感じたかった。

「ゆっくり入れるから」

小さく頷いた珠莉の濡れたソコに自分の先端をあてがい、何度かなじませるように腰を揺すった。

愛液を纏《まと》わせた自身を、ゆっくりと珠莉の中へ埋《うず》めていく。

「……っは！」

珠莉が眉間に皺《しわ》を寄せた。

痛いのだろうと思った。入れた内部は狭く、入ることはできるが、この締め付けではあまり持ちそうにないと思ってしまう。

「痛い？」

珠莉が少し息を吐き、小さく頷いて目を開けた。

「大丈夫、入れて……玲と一つになりたい」

そう言ったあと、あからさまに顔を赤くした珠莉の、その様子が可愛くて下半身にさらに血が集まってくる。

「俺も、そうしたい……君と繋がる幸せが欲しいな……六年ぶりに」

玲が微かに笑うと、彼女も笑って、玲の背に手を回した。

「玲……抱きしめて」

「抱きしめるよ、何度でも」

珠莉の背に手を回し、玲は全てを彼女の中に入れていく。

狭い内部がさらに締まり、玲は一瞬息を止めたが、すぐに息を吐いた。

とてもよくて、強い快感を得ている反面、玲は彼女と繋がれた喜びが強すぎて、すぐに腰を揺り上げた。

「あっ！　っれ、い……っ」

頭の中がただ、何ものにも代えがたいよさを求めることでいっぱいになってしまう。

自身を彼女の最奥《さいおう》まで届かせ、そこで腰を回すと、珠莉が玲の背中にほんの少し爪を立てた。

「君は、ここが好きだったな」

今度は左右に揺すると、彼女の腰が震える。

「……そんな……恥ずかしい……っ」

珠莉の身体は、背に回す手以外は、トロン、と蕩《とろ》けている。

「よさそうだけどな？」

クスッと笑って、今度は何度も自身を彼女の中へ押し入れ、肌がぶつかる乾いた音が聞こえてくる。そのたびに中の締め付けが増し、そんなに持ちそうもないな、と玲は口を開き大きく息を吐いた。

「あ、もう……イキ、そ……っ」

珠莉が玲に腰を押し付けてくるので、さらに何度も彼女を揺すり上げる。

玲も、限界が近い。

「一緒に、珠莉……っ」

彼女を抱き上げ、向かい合わせになった状態で下から突き上げた。

彼女の中が一層狭くなり、玲は目を閉じ何度も何度も、彼女の中へ自身を押し付ける。

「あっ……あぁ！」

珠莉が達した。

その刺激で、玲も自分の欲望を解放する。

「……っん！」

久しぶりの解放感に、玲は痛いほどの快楽を感じていた。

何もかもを珠莉の中に放ったような、そんな感覚だった。

繋がったまま、彼女の背をベッドに戻す。親指で彼女の唇を少しだけ開き、キスをする。舌を少し差し入れ、珠莉のそれを絡め取り小さく唇を食《は》むようにして離す。

「珠莉……」

うっすら開けた彼女の目には、玲しか映っていない。

それがどうしようもないほど幸福で、玲は白い頬にもキスをした。

「君が好きだ……愛してる、珠莉」

心から、そう思う。

身体を再度繋げた今は、ますます愛しく感じた。

なぜ別の女性と結婚したのか、珠莉は聞かない。聞きたい気持ちはあるだろうに、それを聞いてこない彼女の優しさが、余計にあの時の自分の浅はかさを痛感させる。

「私も好き、玲」

ああ、愛おしい。

それに尽きるし、それ以上の言葉は思いつかなかった。

ゆっくりと自身を引き抜き、ゴムを取る。彼女の秘めた部分は玲を入れた時のまま開いていて、誘っているように見えた。

「もう一度したい」

指の腹で珠莉のそこに触れ、ゆっくりと撫でた。

「……っあ……玲……」

腰を捩《よじ》るその姿に、どうしようもなく誘われ、性急にゴムのパッケージを開け自身のものに着けた。

すぐに押し入ると、温かく狭い彼女の内部が迎え入れてくれる。

「あっ……ん！」

珠莉が息を詰めたのがわかったが、止められずに彼女を揺すり上げる。二度目の行為は少しばかり強引だったが、玲はそうせずにはいられないほど、珠莉に夢中になっていた。

歯止めが利かないなんて経験は、初めてだった。

「珠莉、ごめん」

「……酷い……っん、玲」

そう言いながらも自分を受け入れてくれる彼女が、愛おしくてたまらない。

六年ぶりの白い身体に、ひたすら愛を押し付けるようなセックスをした。玲は彼女と愛し合う喜びに、ただただ溺《おぼ》れていった。

8

珠莉は六年ぶりに玲と愛し合った。

彼はやや性急で、それでいて相変わらず色っぽくて、セックスの最中だというのに見とれてしまった。

　久しぶりだったから少し痛かったけれど、痛みよりも珠莉で彼の身体が熱くなって、気持ちよさそうにしていたことの方が、嬉しかった。

　もう二十九歳となり、三十歳は目前だ。

　二十二歳の頃よりもやはり少し肌質は変わりつつある。本当は彼の前で裸になるのも抵抗があったけれど、彼は感じてくれていた。

　続けて二度のセックスをしたあと、さすがに疲労でぐったりしてしまった。玲がゴムを取り去る時、彼の放ったものが目に入り、終わったばかりなのに身体の底が疼《うず》くようだった。

　そのあとティッシュで濡れた足の間を拭いてもらった時も、感じてしまって恥ずかしかった。

「……っ」

　思わず息を詰めると、玲が珠莉を見た。

「どうした？　どこか痛い？」

　さっきまでもっと触られたし、なんなら身体同士が繋がっていたのに、これくらいで感じてしまう自分が恥ずかしくなった。

「あ……だ、大丈夫」

　大丈夫という言葉に、玲がホッとした顔をする。

「そう、よかった」

珠莉がそう言って身を起こすと、微笑んだ彼は服を身に着け始めた。

気持ちを切り替えて珠莉も身支度をしようと下着に手を伸ばして身に着ける。ちらりと玲を見ると彼はシャツを羽織るところだった。

背中の広さや浮き出た肩甲骨が動くさまを、なんとなくエロく感じてしまう。

彼を見るたびに何度もドキドキしているし、それだけでお腹の底がキュッと疼《うず》く。まだ身体が彼を求めているような気がして、さらに恥ずかしくなった。

行為自体は久しぶりだったが、かつては何度も抱き合った相手。けれどその時はこんな風にもっと欲しいと思うことはなかった。

なんだか今の珠莉の身体は以前より不謹慎になったように思う。

二度目の時、彼に酷いと言っておきながら、と自分で自分を戒《いまし》める。

彼がシャツのボタンを留め終え、立ち上がった。背の高さとスタイルのよさを改めて感じ、思わず急いでブラジャーを身に着けてしまった。

「珠莉、順番が逆になったけど、書類を片付けよう」

こちらを見下ろして微笑んだ彼に、またもや心臓が高鳴る。

よこしまなことを考えていたから、余計だった。

「あ、うん、ありがとう」

「ん……じゃあ、玄関のバッグをリビングのテーブルに持っていっておくから」

そう言って彼は、引き戸を開けて出ていった。

その背中を見送り、珠莉はため息をついて服を身に着けていく。

「玲……なんであんなカッコイイんだろう？　年齢重ねて、余計に色気が増したかも……私なんか、肌とか体型が崩れた気がするのに」

胸なんか二十二歳の頃より下がっていると思うのだ。さっき胸を揉んだり吸ったりしていた彼は、なんとも思わなかっただろうか。つい、そんなことを考えてしまう。

しかし、考えても仕方ないと、いったん考えるのをやめた。

服を身に着け、玲のいるリビングへ行くと、眼鏡をかけた彼がコーヒーを飲みながら珠莉の持ってきた書類を見ていた。

計算が必要なことばかり書いてあって、一人で完成させるのは難しそうだと思っていたのだが。

「珠莉、これ、そんなに難しくないから、俺がやってしまっていい？」

「え？　そうなの？」

珠莉が目を丸くすると、彼は微笑んで頷いた。

「こういうのは俺の得意分野。税理士と公認会計士の資格を持ってるの、知ってるだろ？」

「知ってるけど……なんかいろいろ計算が必要みたいだったから……」

「これくらいのことは、親父の手伝いでやってたから」

彼は立ち上がり、新しいマグカップにコーヒーを注《つ》いで、テーブルに置く。

そうして、珠莉に座るよう促《うなが》すと、目の前で書類を書き始めた。計算機を、と思ったが彼はすぐに計算できるらしく、迷うことなく必要事項を書いていく。

そして十分もしないうちに、全ての書類を書き終わり、彼は眼鏡を置いた。

「すごい……」

「これくらいできないと、取った資格が泣くよ」

もともと文系で計算の苦手な珠莉と違って、玲は基本理系で計算もさっさとできるらしい。今日はそのすごさを、まざまざと感じた。

「あと五、六年したら、実家の公認会計士事務所を継ぐつもりなんだ。日本に帰ってこれてよかったよ」

玲は以前から、将来的に実家の仕事を継ぐつもりだと言っていた。地元密着の事務所らしいが、手堅い仕事をしているらしい。曾祖父《そうそふ》の代からやっているというだけあって、地元では有名らしいと正広が言っていたことを思い出す。

そこでふと、もしも彼が結婚生活を続けていたらどうしていたのだろうと考えてしまう。夫婦一緒に実家に帰ったのだろうか、と。

「元奥さんにも、そう言った？　結婚生活を続けていたら、一緒に実家の仕事を継いだの？」

玲は珠莉の問いに、無言でコーヒーを飲んだ。

一瞬、失言をしたかも、と口にしたことを後悔した。

しかし、気になったことはちゃんと聞いておいた方がいいと思い直す。もしかしたらこの先、聞くことがあるかもしれないのだから。

「……本当は、二年くらい前に一度離婚の話は出ていたんだ。彼女とは金銭感覚が合わなくて、もともと趣味も合わなかったから、俺から離婚を切り出したんだ。でも、もう一度やり直したいと言われてね」

全然そんな風に見えなかったので、珠莉は内心とても驚いていた。しかし、一年に一回会うだけの自分には、彼の家庭の事情などわかるはずもない。

「君にこんなことを話すのはどうかと思うけど……結婚する前、彼女の実家へ挨拶《あいさつ》しに行った時に、いずれ家業を継ぐことは伝えていたんだ。けど、その時々で事情は変わるものだからね」

玲の話だと、結婚相手と一緒に、家業を継ぐつもりがあったということだ。

それはそうだ、玲は結婚していたのだから。

「そっか……玲の元奥さん、同じ職場の人だったよね？　その人だったら、仕事に理解があって、上手く玲をサポートしてくれるんだろうな……」

珠莉は数字に弱いし、きっと役には立たないだろう。

気付くと、ついそんな卑屈《ひくつ》な言葉を言ってしまっていた。

そんなもしもがあったら、今この瞬間、玲は珠莉の隣にいないのだ。そう思うと、なんだか寂しくなってしまう。

「その言い方だと、離婚しない方がよかったように聞こえるけど」

玲がじっと珠莉を見つめてくる。少し低い声に怒らせてしまったかもしれないと、珠莉は急いで首を横に振った。

「そんなことない……ただ、なんとなくそう思っただけだから」

「なんとなくでも、そんなことを珠莉の口から聞きたくない」

コーヒーを一口飲んだ彼は、書類を封筒に入れて、珠莉の前に置いた。

そのタイミングでテーブルに置いていた玲のスマホから、着信音が鳴り響く。付き合っていた頃と変わらない鐘の音で、これが一番寝起きにも効くのだと言っていた。

目に入った画面には「奈緒」と表示されている。それが、玲の元妻の名前だと、珠莉は知っていた。

画面を見た彼は、電話に出ることはなかった。同時に、何もやましいことはないとばかりにスマホの画面を珠莉に見せたまま、着信音が鳴りやむまで何もしなかった。

「出なくてよかったの？」

珠莉の問いかけに、玲はスマホを手に取り、何か操作をしたあと今度は画面を下に向けてテーブルに置いた。

「会いたいって言われたけど、こっちには会う気がないからずっと無視してる」

それを聞いて、元奥さんは玲にまだ未練があるのだとわかってしまった。でも、目の前の玲を見たら、それも当然だと納得する。

六年前に別れた珠莉だって、彼に対して全く未練がなかったわけじゃないのだ。

「……いつか会うの？」

「よっぽどのことがなければ会わない。すでに離婚は成立しているし、彼女には弁護士を通じて持っていたマンションと財産の半分を渡している。それで向こうも納得して別れたんだから、今更会ってまで話すことはないよ」

けれど、玲は優しいから、会わないと相手を切り捨てていても、何かあればこの先も無下《むげ》にはできないのだろうな。そう思って、珠莉は少しだけ心が痛んだ。

「ごめん、珠莉……」

静かに謝罪されて、俯《うつむ》いていた顔を上げる。

「そもそもは……珠莉を心に残しながら、別の女性と結婚した俺がバカだったんだ。結局、別れる時まで、元妻に対する情よりも、珠莉への思いの方がずっと強く心にあったんだから」

大きく深呼吸するように息を吐き出した彼は、珠莉を見て少しだけ笑みを浮かべた。

「元妻には本当に申し訳ないことをしたけど、ずっと君だけが好きだった。七年前、海で会った時からずっと」

それを聞いて、珠莉は声を詰まらせる。

初めて会った時、こんなに色気のある素敵な人が、珠莉に声をかけてくるなんて思いもしなかった。だから、デートに誘われた時は、この人は何を考えているのかと訝《いぶか》しんだくらいだ。

けれど、何度か会ううちに、彼の優しさや誠実な対応を知り、そして自分に向けられる微笑みが、珠莉の心を蕩《とろ》かせた。

「私だって、そう、だから……」

珠莉は顔が熱くなるのを感じる。けれど、思っていることは全部言おうと、顔を俯《うつむ》けたまま口を開く。

「玲だから、昨日の今日だけど、セックスした。私は、好きな人とじゃなきゃ、あんなに恥ずかしいことは、しない」

それから、とさらに続けた。

「今日は、ありがとう。玲が書類手伝ってくれて、本当に助かった。これも今は私の特権だって思ってる」

珠莉はゆっくりと顔を上げ、彼に笑みを向けた。

「さっきの言葉に怒ったのなら、ごめんなさい」

玲は首を振った。そして、珠莉の頬に手を伸ばす。

「いや、気になって当然だ」

「……奥さん、すごく綺麗な人で玲とお似合いだと思ってたから……ずっと気持ちに蓋《ふた》をしてたけど……本当はすごく嫌だったのを思い出してしまって」

玲は珠莉に向かって、頭を下げた。

「結婚したことは後悔してないと言ったけど、君を傷付けてしまったのは申し訳なく思っている。あの時の俺は、君が仕事を頑張っているのを知っていたのに……当然のように君が仕事を辞めて、一緒に来てくれると思っていた」

そうして大きく息を吐き、彼はさらに言う。

「自分のことしか考えていなかった俺は、振られて当然だった。でも今考えれば、必要な別れだったのかもしれないと思う」

玲は言葉を選ぶようにしながら、あの別れは必要だったと言った。

「過去はもう変えられない。だからこそ、君とこうして一緒にいられる今を、大切にしていきたい」

確かに、そうかもしれない。

「私、もう二十九歳で……二十二歳のあの頃と比べられると……ちょっと、恥ずかしいけど」

珠莉の言葉に彼は少しだけ笑って、そんなことない、と言った。

「君は変わらず、白くて、柔らかくて、綺麗だ。なんならもう一度、抱きたいと思うほど」

「本当に？」

「本当に決まってる。六年ぶりに好きな人を抱けて、幸せだ」

「よかった」

「珠莉、ありがとう。もう一度、俺を受け入れてくれて」

「私も、玲が傍にいてくれて、嬉しい」

珠莉が心からの笑みを向けると、玲が熱のこもった目で見つめてくる。

「これからもずっと一緒にいてほしい。今度こそ何があっても手を離さないから」

「……私も、玲の手を離さない。ずっと、一緒にいたい」

彼は立ち上がり、珠莉の前へ来る。そして、身体を抱き上げた。

「抱いていい？」

もう抱き上げているのに、と思いながら笑みを浮かべて彼の唇にキスをする。

「私も、本当はもう一度、したいって思ってた」

そう言うと、玲が顔をクシャッとして笑った。

「そう思ってるのが、俺だけじゃなくてよかった」

また寝室へ珠莉を運ぶ玲の胸に顔を寄せる。

引越しの手伝いをした時に感じた、彼の香水の匂いがして、やっとこの腕の中に戻ってこれたような気がした。

ベッドの上に身体を下ろされて、珠莉は彼の背に手を回す。この腕の中にずっといたい、ずっと抱きしめていてほしい。

そう思いながら、珠莉は強く彼を抱きしめた。

☆

覆いかぶさる玲の重みが一気に珠莉の中にある性欲を呼び覚ました。

「あ……っ！」

首筋に埋《うず》められる彼の顔。耳の後ろにキスをされ、髪の中に手を入れられると、どうにもキスをしたくなって頬を摺り寄せて、強請《ねだ》る。

するとそれに応《こた》えるように、玲は唇を開き珠莉に口付けをする。すぐに舌が入ってきて、それは深く濃厚なものとなっていった。

唇をずらした隙間から息を吸い、鼻で息を吐いた。その間にも彼は珠莉の胸を揉み上げ、中心の尖りを指先で挟んで、軽く摘まむ。

「は……っん」

自らキスを解いた珠莉は、彼の背に手を回した。やや性急にブラウスをスカートから引き出され、胸の上まで捲《めく》り上げられた。

ブラジャーのホックを手際よく外され、胸が露《あら》わになると、乳房の膨らみに唇を寄せられ口腔《こうこう》へ迎え入れられた。

舌先で先端の尖りを転がされ、時々強く吸い上げられるうちに、乳首が赤く色づく。

「あ……れ、い……そこばかり……いや」

「どうして？　綺麗で柔らかい……白いからすぐに色付く」

乳房の側面をキュッと吸われた。きっと赤い痕《あと》が付いただろう。

玲はスカートを脱がせると、ショーツに手をかけ一緒に脱がす。先ほど見られているとはいえ、やはり恥ずかしい。

足を閉じようとすると、間に身体を入れられ阻《はば》まれた。

「閉じたら、何もできないだろう？　珠莉」

彼の低い声は甘い色を帯びて、話す息が熱い気がした。

「やっぱり……恥ずかしくて……っん！」

足の間に手が入ってきて、入り口と、その少し上にある突起を指先で転がされた。珠莉の腰は勝手に揺れ動いてしまい、そこから全身に広がる快感に身を捩《よじ》りそうになる。

「はっ……あ！」

「君は、綺麗だ」

そう言って玲は、指先を珠莉の中に侵入させる。そのまま身体をうつぶせにされ、後ろから中を指でグッと押された。

「あっ、あっ……あぁ……っ！」

背中を大きな手が這《は》う。温かい手で肌を撫でられると、すごく心地がよくて、背を反《そ》らせて感じてしまった。

「珠莉の背中を見るの、久しぶりだな」

背中のくぼみを舌で舐《な》められたのと同時に、体内にある玲の指がゆっくりと出入りし始め、快感に身を震わせる。

「君の白い肌は……俺をいつも、興奮させる」

濡れた音を立てながら指を引き抜かれ、珠莉は腰を上へと引き上げられた。

後ろから彼が入ってくることを想像しながら、自分の体勢が恥ずかしくて、珠莉はベッドに顔を伏せた。

「ゆっくり、して……」

そう言うと、すぐに彼が珠莉の中に入ってくる。

「それは無理だな……君の中が、歓迎するように俺を呑み込むから」

大きな彼のものがあっという間に珠莉の内部を満たし、最奥《さいおう》まで届く。

「ん……っあ！」

すぐに抽送《ちゅうそう》が始まり、肌と肌が当たる音がする。強く押し込まれたまま腰を揺すられると、お腹の底の疼《うず》きが強くなり、どうにもならなくなってしまう。

「あ……玲……っあぁ」

身体を支えていられず、ベッドにうつぶせになる。その状態のまま抽送《ちゅうそう》を続けられ、腰を丸く動かされると、中も同じように動き、もうそれだけでイキそうだった。

「もう、イク、玲……っ」

「いいよ、もう少し中を強く押そうか?」

彼はまだ余裕があるのか、甘く響く声は吐息混じりながらも、クスッと笑っていた。

「そうすると君は、すごく気持ちよさそうにする」

耳元でそう囁《ささや》かれると、その声にも感じてしまう。そして彼の言う通り、中を強く押すような抽《ちゅう》送《そう》はすごく気持ちよかった。

「あぁ……っれ、い」

相手が玲だからこそ、珠莉の身体は与えられる刺激で高鳴っていく。

「は……っも、と、して」

もっとして、なんて。

こんなことを言うなんて自分はどうかしている。六年前はこんなじゃなかったのに、年齢を重ねた分、大胆になっているのだろうか。

珠莉の言葉に応《こた》えるように、玲は腰の動きをさらに速くし、一番奥を何度も強く叩いた。中の擦れる感覚と、それをする彼の硬さが、珠莉をより高みへ連れていく。

「あっ……う……っん!」

ひときわ強く突き上げられた瞬間、珠莉は頭が真っ白になった。

何も考えられないくらい気持ちがよくて、無意識にシーツをギュッと掴んだ。

「もう少し、珠莉……っ」

珠莉は達したけれど、彼はまだだった。彼と繋がったまま、身体を仰向けにされ、足を大きく開かれる。

「や、だ……っ」

秘めた部分を玲に晒《さら》す体勢となり、余計に羞恥心《しゅうちしん》が増す。さらに、内腿を流れていく愛液に気付き、それだけ珠莉の身体が感じているのだとわかる。

「珠莉……もう少し……っ」

両手を珠莉の身体の横につき、玲は自分を解放するために何度となく、珠莉の身体を揺すり上げてくる。

目を開けると、彼が少し苦しそうに眉を寄せ、額に汗をかいていた。その表情が壮絶に色っぽくて、突き上げられるたびに再びの快感を得ながら、珠莉は彼の背に手を回す。

そうすると、少し微笑んだ彼が、珠莉の身体を抱きしめて、抽送《ちゅうそう》を繰り返す。

「あ、あ、気持ちい……っ」

「俺も、同じだ……っ」

お互いに、限界が近く、珠莉はただ彼の動きに身を任せた。

「あ……また……っ」

珠莉は知らず内部をギュッと締め付ける。

「……っ！」

玲は息を詰め、自身を珠莉の一番奥まで挿入し、少し腰を揺すりながら動きを止めた。

抱きしめ合い、忙《せわ》しない呼吸を繰り返す。

「珠莉……」

前髪を掻き分け、額にキスをしてきた玲は、ゆっくりと唇を重ねてくる。

濡れた音が耳に響き、唇を離したあと、彼の首筋に顔を埋《うず》めた。

「好き、玲」

耳元で微かに笑った彼が、珠莉に囁《ささや》く。

「好きだ、珠莉」

こんなに幸せでいいのだろうかと思うほど、幸せを感じる。

ただ、こうして抱きしめ合っているだけで、玲の体温が気持ちよかった。

これからはいつでも玲とこうして会えて、誰にはばかることなく愛し合えるのだ。そう思うと、珠莉は嬉しくて涙がこぼれるのだった。

9

——母が亡くなって一週間後。

珠莉は七日ぶりの出勤となり、いつものオフィスのドアの前で深呼吸した。上司と同僚にはお香典をいただいていたので、そのお返しを手にしていた。

仕事を休んでいる間に、珠莉は玲と恋人になった。母の死をきっかけに、彼との関係が進んだのは、もしかすると母が、珠莉のこれからを心配して導いてくれたのかもしれない。

かつて自分から別れを告げた相手と、もう一度付き合えることになるとは、全く思いもしなかった。けれど、心のどこかでは、ずっとこうなることを望んでいたようにも思う。

久しぶりに抱き合い、恋人として過ごす時間は幸せだった。天涯孤独になってしまった悲しみに押し潰されそうだったこの数日が嘘のように、心が軽くなっているのは玲のおかげだ。

「おはようございます」

久しぶりにオフィスのドアを開けると、すでに上司の陶山と山本が来ており、珠莉の姿を見るなり駆け寄ってきてくれた。

「おはよう。あのあと一人で大丈夫だった？　いろいろな手続きは終わったの？」

山本が心配そうに声をかけてくれる。

「大変だっただろう？　少しは落ち着いたかな？」

陶山も同じように心配そうな表情をして珠莉を見た。

「ご心配をおかけしてすみません。それと、お通夜の参列もありがとうございました」

珠莉は頭を下げ、そして手にしていた香典返しを二人に手渡した。

「少しですが……このたびは、本当にありがとうございました。お休みもいただいて」

陶山と山本は、優しい微笑みを浮かべ頷いた。

「ありがとう。お疲れ様」

女性らしい、山本の言葉に頷いた。陶山も山本の隣で頷いている。

「おかげさまで、なんとか落ち着きました。まだ四十九日は終わっていませんし、やっぱり母の遺骨を見ると悲しいけど……母が安心できるように、しっかり生きていかないといけないので。これからもよろしくお願いします」

珠莉はそう言って、もう一度頭を下げた。

母がいなくなってしまっても、いつまでも悲しんではいられない。これからは本当の意味で、自立して生きていかなければならないのだから。

「これからもよろしくね、古川さん」

陶山が優しく微笑んでくれたので、珠莉も返事をする。

「はい！　頑張ります」

「早速だけど、初見の翻訳家さんの短編小説の校正をお願いできるかな？　ざっと見た限り、お直しが多そうだけど」

一度デスクに戻り、紙の束を見せられる。

「もちろんです。任せてください」

「頼もしいね。じゃあ、よろしく」

原稿を受け取り、笑みを浮かべた。

「はい！」

じゃあ頼んだよ、とデスクに戻っていく陶山を見ながら、珠莉もまた自分のデスクに座り、原稿を置いた。

「早速仕事で、ごめんね。でも、珠莉ちゃんがいるのといないのとじゃ、仕事のはかどり具合が違ったのよ。一人でも欠けたらやっぱり駄目ね」

ふふ、と笑った山本に、珠莉も笑みを返す。

「そう言ってもらえて嬉しいです」

母を亡くして悲しい気持ちはまだある。けれど、ここには珠莉を必要としてくれる人たちがいるし、やりがいのある仕事もある。そのことに心から感謝したいと思った。

今、こうして前向きでいられるのは、珠莉の傍に玲がいてくれたからだ。

母を亡くした孤独を恋愛で埋めるのはどうかという思いは少なからずある。しかし、一人になってしまった孤独感と不安の中、包み込むように珠莉に寄り添ってくれた玲の存在はとても大きい。

何より彼は、好きだと言ってくれて、珠莉を愛してくれた。

彼の思いに応《こた》えるためにも、珠莉はより一層仕事を頑張って前向きに生きていきたいと思う。

ついこの間まで、彼との未来はないと思っていたのだ。

だから結婚も、玲以外の人とするのだろうと思っていたが、今は彼以外の人と一生を共に生きることなど考えられなかった。

これからはずっと、玲と一緒に人生を重ねていきたい。

六年前の珠莉にはできなかった。

けれど今度こそは、自分をずっと思ってくれていた彼の気持ちと愛に応《こた》えたい。恋も仕事も諦めることなく、どちらも叶えたいと、そう思っている。

仕事で忙しい彼とはあれから会えていなかったが、今日は仕事終わりに会うことになっている。

『夕食、どこかで一緒に食べよう。居酒屋でもいいな』

そう言って誘ってくれた彼への愛しさと感謝を胸に、珠莉は目の前の原稿を一枚捲《めく》り、早速誤字を見つけるのだった。

☆

その日の終業時間、まだ原稿の校正は終わっていないが、彼との約束があるので帰り支度をしていた。

しかし、やりかけの原稿が気になり、もう一度パラパラと捲《めく》る。

「直しが多いみたいね、珠莉ちゃん」

山本から声をかけられ、顔を上げた珠莉は苦笑した。

「はい……なんというか、直訳しているところが多くて。今どきの言葉に変換しなくても通じる内容ですが、もう少し柔らかさがあった方が読みやすいと思って……。結構、直しちゃってます……」

珠莉が校正しているのは原文が英語の短編恋愛小説だった。別に直訳しても意味は通じるのだが、そうすると、文章が固くなってしまう。

「恋愛小説なら、情緒のある柔らかい文章にした方がいい時もあるからね……翻訳したの、最近この仕事を始めた方だって言うし、うちでは初見だけど他社ではいくつか仕事をしているみたい。たぶんまだ慣れていないだけかもね」

山本の言葉に頷いて、原稿を見ながら口を開く。

「結構疑問出しを入れているので、気を悪くしないといいなぁ……と思ってます」

この仕事を始めたばかりの珠莉は、かなり細かく修正を入れてしまったことで、とある小説家を怒らせてしまい、あわや出版停止というところまでいったことがある。

それ以降は、校正を入れすぎないように気を付けていたが、ある編集者から、気になるところや抜けているところがあったら、きちんと入れてほしいと言われて心が軽くなったのを覚えている。

「私たちは、誤字脱字はもちろん、事実確認や読みやすさ、世間の一般常識とか、いろいろ気を配りながら文章を見るのが仕事だからね。珠莉ちゃんはきちんと仕事をしているし、校正はダメ出しではないんだから、とりあえず、気になったところは入れてみようよ」

少し俯《うつむ》きがちに小さく笑みを浮かべ、山本の言葉に頷いた。

「ですね……何か言われたら、その時に対応しようと思います」

「そうね……ところで、今日は何か約束でもあるの？　いつもは遅くまで自分のやったところ読み返したりしてなかった？」

鋭い、と思いながら山本を見る。

珠莉の視線で何かを察した山本は、表現するなら、桃色の笑みを浮かべている、だ。

「実はそうなんです……今日はご飯を食べに行く約束をしていて」

「えー、いいことじゃない。誰とー？」

彼女の表情からは、なんとなく察しがついていいそうだ。珠莉は困ったように眉を下げて、視線を逸らす。

「なんだか、わかっている風ですね。詳しく聞かないでください」

「彼、アメリカに帰らなかったの?」

「日本勤務になったみたいで……今日は、とりあえず、ご飯に……」

珠莉が短く答えると、さらに笑みが桃色になり、なんだか楽しそうだ。

「ふーん……ふふっ!」

「な、なんですか!?」

「ううん、行ってらっしゃい、彼との、ご、は、ん!」

ポン、と肩を叩かれ珠莉は下唇を噛みながら顔を赤くした。

もうすでに玲とはいろいろした仲だが、こうやって笑顔で、彼氏とのデートに送り出されるのはなんだか恥ずかしい。

「い、行ってきます……」

「また明日ね、珠莉ちゃん!」

笑みを浮かべ、手を振る山本がすごく嬉しそうだ。

そもそも、元カレである玲が日本へ帰国した時、必ず会社まで珠莉を迎えに来ていたのが、ある意味伏線のようなものだっただろう。

いつかこうなるって思ってた、そんな顔だった。

なんだかな、と赤くなった顔を落ち着かせるために深呼吸をしながら会社のエレベーターに乗る。

待ち合わせの場所に行く前に、これから向かうと連絡するためにスマホをバッグから出す。すると、玲からメッセージが届いていた。

『仕事お疲れ様。ごめん、珠莉。今日は仕事が長引きそうで遅くなりそうだ。誘っておきながら、本当にごめん。この埋め合わせは絶対にするから』

玲らしい文面で書いてあるそれは、今日のデートをキャンセルする連絡だった。

「仕事、定時で上がったのに……」

珠莉は心底がっかりした。

けれど、玲の仕事は神経を使う仕事だし、長引きそうとあったので、何かトラブルが起きたのかもしれない。

がっかりしてしまうが、仕事ならしょうがない。そう頭を切り替えて、スマホをバッグに入れ、いつも通りの帰路につく。

本当は、玲と一緒にお酒を飲んで、そのあとは一緒に帰って、それから……身体が疼《うず》くことを、と考えてしまっていた。

しかし今日は、大好きな彼とは会えないのだ。

珠莉はスーパーに寄って低アルコールのドリンクと、少しだけ総菜を買った。そして、次に彼に会える日のことを考えながら、ため息をつくのだった。

☆

仕事帰りの玲は、六年前まで時々使っていた少しレトロな喫茶店にいた。

時間が経っているからなくなっているかもしれないと思ったが、変わらず営業していた。つい最近も仕事帰りに正広とコーヒーを飲みに立ち寄り、他愛もない話をした。

けれど今、目の前にいるのは別れた元妻の奈緒だった。

本当ならば、今日は珠莉と仕事帰りに居酒屋に行って食事をする予定だったのだが、会社のロビーで待ち伏せされていて無視できなかった。

「今後は、よっぽどのことがない限り、会わないと約束したはずだ」

玲がため息混じりに言うと、奈緒も大きく息を吐いた。

「そんなこと言わないでよ……この間まで夫婦だったのに」

上目遣いで見られたが、心は少しも動かない。

「用事があるなら、早く言ってほしい。会社まで来るぐらいだから、何かあるんだろう？」

「復縁を考えてほしくて。やっぱり玲のことが好きだから」

玲は彼女の顔を見ながら、コーヒーを飲んだ。それから目を逸らして、カップをソーサーに置く。

「無理だとわかっているだろう？　離婚理由が多すぎると思わないか？　俺たちは別れて当然

だった」

「それは、玲が私を抱かなくなったからでしょ？」

「もともと、君の嘘から始まった結婚だ」

本当は、妊娠が嘘だったとわかった時点で、離婚するべきだった。だが、そうしなかったのは、奈緒が玲に気持ちを訴えたからだった。

『玲が好きで、愛しているの。この先もずっと一緒にいてほしかったから、嘘をついたの。ごめんなさい』

奈緒はそう言って泣き崩れた。もうすでに籍を入れていたし、奈緒は妻として家のことをきちんとやってくれていた。それに、結婚した以上、簡単に別れてはいけないという責任感から、夫婦生活を続けていたのだ。

思えば、彼女に対しては、情という感情しか抱《いだ》けなかった。最後まで愛することはできなかった。それでも夫婦として、セックスは月に二回程度していたと思う。けれど、最後の二年間は全く彼女を抱かなかった。

「好きだったの……」

「わかってる。だから、これからは嘘をつかないという約束をして、結婚生活を続けた。でも君は、嘘をついただろう？」

セックスレスになったのは玲に原因があるとわかっている。だが、浮気をした奈緒も悪いだろう。

「取り付く島もないわけ?」

「君は浮気をしただけでなく、俺にも浮気をさせようとしただろう? これ以上、嫌いにさせないでくれ。未だに野上を名乗っているのだって、世間体もあるだろうと許している。十分じゃないか?」

間髪《かんはつ》を容《い》れずにそう返すと、奈緒が下唇を噛んだ。

「……玲が離婚を切り出したのは自分だからって、日本のマンションをくれたのはありがたかったけど……もともと二人で一緒に住む予定だったから、玲がいないと寂しい」

そんなことを言われても、とふと奈緒の服を見ると、派手なブランドの服で辟易《へきえき》してしまった。

「俺たちは調停離婚だ。離婚後はお互いの生活に干渉しないという契約をした。なのに、頻繁《ひんぱん》に電話をかけてくるし、今日は連絡もなく会社に来た……」

奈緒は涙目で見つめてくるが、玲は視線を逸らした。

「契約に違反したら、マンションは返してもらう約束だ。こんなことは言いたくないが、復縁をしたいと言って会社に押しかけてくる行為は、明らかに俺の生活に干渉している。あまりに目に余るようだったら警察に相談するけど、いいのか?」

一気に言って、喉が渇いたのでカップに手を伸ばす。

残り少なかったコーヒーを全部飲み干した。できればおかわりが欲しいが、こんな話を続けるためにコーヒーを頼むのはバカらしいと思った。

「浮気なんて、したくてしたんじゃない。玲が愛してくれなくて寂しかったのよ。どうして、上手くいかないの……。新しく始めた翻訳の仕事もダメ出しばかりだし……お金だって、生活をしていれば……飛んでいく」

どうやら、離婚してから何もかも上手くいかなくなったから、復縁して元に戻りたいと思っているのだとわかる。

確かに、まず住む国が変わった。そして新しい仕事を始めたのなら、すぐに上手くいかなくても仕方ない。これまでと環境が変わったのだから、大変なことだってあるだろう。

だが、それは玲も同じことだ。

アメリカから日本へ帰ってきて、英語を話さず日本語だけという環境になり、利便性が上がったように見えるが、時々、これまでとの生活の違いに戸惑うことはある。

それに昇格したと思ったら、前任者の不始末の尻拭いに奔走《ほんそう》する日々が待っていた。

先日もシンガポールまで赴《おもむ》き、契約を締結するために頭を下げてきたばかりだ。

「環境が変わったのは君だけじゃない。お互い人生を見つめ直すいいきっかけになっただろう。俺も、もう一度……人生をやり直しているところだ」

奈緒と結婚した理由は、自分がただ弱かっただけだと思っている。こんな理由で結婚を決めた玲は、正直に言って浅はかだった。

「君とは、最初のきっかけこそ騙《だま》されてだったが、夫婦生活を続けている間は、夫として誠実でありたいと思っていたし、そうしていた」

玲は一度そこで言葉を切って、大きく息を吐く。

「愛ではなくても、情はあったから、俺を愛してくれる君に応《こた》えたいと思っていた。でもそれは……誠実とは言えないし、間違った考えだったと今は思う。やはり俺は、妊娠が嘘だったとわかった時点で、君と別れるべきだった」

奈緒は少しばかり目を大きくして玲を見た。溢れた涙が、一筋ポロリと頬を伝う。

「共有財産の半分と、日本のマンションは、結婚生活を続けた俺の責任として君に渡した。奈緒が不倫したのも、レスが原因だとわかっている。でも、結婚している関係上、許されないことだってあるんだ」

奈緒は下唇を噛み、俯《うつむ》いた。

「これからは、連絡をしてこないでくれ。夫婦ではなくなった俺たちは、もう他人だ。君は他人にすがるような女性ではないだろう？」

玲と一緒にフランスで仕事をしていた頃の奈緒は、頼りになる気の利いた女性だった。玲より三つ年上で、仕事のできるしっかりした人だった。

だからこそ、珠莉と別れたあと、玲に好意を持っている奈緒と付き合ったのだ。彼女のように、堅実でしっかりした女性とだったら、いつか珠莉を忘れることができるかもしれないと思えた。

「私だって、誰かに頼って生きたい普通の女よ。あなたが……ずっと忘れられなかった女性よりも、絶対私の方が玲のことを好きだったのに」

「だったらなおさら、浮気はない。別の女性のことを心に残して結婚したことは悪かったと思ってる。でも俺は、君と結婚している間は、君以外とはしていない」

結婚生活を続けている以上、浮気などする気はなかった。どんなに珠莉に惹かれていても、一線を引き、その気持ちが揺らがないよう自分を律していた。

「俺は君に言ったはずだ。君が付き合ってほしいと言った時、忘れられない愛している人がいると。それでもいい、私が忘れさせてみせる、と言ったのは君だろう」

「でも、忘れられない女性……珠莉さんとは、何度も日本で会ってたんでしょ」

「珠莉と会うのは一年に一度、それも友人たちと一緒に数時間だけだ」

奈緒は眉間に皺《しわ》を寄せ、顔を横に向けた。

結婚生活の後半は、彼女は反面教師のようになっていた。どんなに好きな人がいても、妻以外の女性である以上それはただの裏切り行為で、好きというだけでは済まされない。

「奈緒、離婚したあと、君が困らないようきちんとしたつもりだ。俺も……すでに君とは違う道を歩き始めた。正直に言うと、珠莉ともう一度付き合うことになった」

奈緒はハッとしたように顔を上げた。

「愛していた人と、私と別れてすぐに付き合う……？　あなたが浮気をしていないというのも、本当かどうか怪しくなってくるわね」

そう言うだろうとは思っていたが、事実、珠莉とは六年間一度も、性行為を含め友人以下の付き合いしかしていない。それが事実だ。

「……どう思ってくれてもいいが、俺たちは協議離婚というのを、忘れないでくれ」

玲は会計伝票を手にして、立ち上がった。

「君とはもう会わない……わかるよね？」

奈緒は相変わらず下唇を噛み、納得していない顔をしていた。

本当のところ、奈緒が今も玲を愛しているのかどうかなんて、もうわからない。

結婚式もなく籍を入れた時、満面の笑みを浮かべた奈緒は美しかった。ウェディングフォトを撮った時も嬉しそうにしていた。

そんな彼女を見て、珠莉を好きな気持ちが消えずに心にあっても、自分はもう別の人と違う人生を歩み始めたのだと覚悟を決めて、奈緒の夫として努めてきた。

しかし離婚をしたことで、今度はまた奈緒とは別の人生を歩み始めることになった。彼女はまだ足を止めたままなのかもしれないが、前に進んでほしいと思う。

「さよなら、奈緒」

玲はそのまま後ろを見ずに会計を済ませ、喫茶店を出た。

情とはいえ、一度は結婚して一緒に暮らしていた人。

彼女のことも忘れることはないだろうと思いながら、玲は珠莉を思い出していた。

「今日の約束、キャンセルしなきゃよかったな」

そう言って苦笑した玲は、大きく息を吐いて歩き出す。

これからの人生は、心から愛する人と、自分の気持ちに嘘をつかずに歩いていきたいと思った。

10

玲と会えなかったことを残念に思って眠った次の日。

容赦なく朝はやってくると思いながら、珠莉は手近に置いてある家用の眼鏡をかけた。

たった一回、約束がダメになったことが、珠莉の心を揺さぶっている。

埋め合わせは絶対すると言った玲の言葉は嘘じゃないと思うが、約束をドタキャンしたことなど一度もない玲が、いったいどうしたのだろうという気持ちが拭えない。

一瞬、本当に仕事なのだろうかと思ったが、彼は異動して新しい役職に就いたばかりだし、忙しいのだろうと納得した。

珠莉は平日の朝のルーティーンをする前に、スマホで彼にメッセージを送った。

『週末には会えるかな？　時間を作ってくれると嬉しい』

他愛のない、短いメッセージを送って、珠莉はベッドから下りた。

こんな内容、前に付き合っていた時には送ったことはない。甘えるような文面も、なんとなく恥ずかしい。

羞恥《しゅうち》に駆られ、一瞬送信を取り消そうかとも思ったが、珠莉は首を振ってスマホをベッドの上に置いた。

「ちょっと会えなかっただけなのに、こんなに思いって募《つの》るものなのかな」

前に付き合っていた時はどうだったか思い出してみる。たちまち、珠莉は眉をぐっと寄せて顔をしかめた。

彼と付き合った時、初めてのことばかりでテンパっていた。しかも玲はめったに見ないイケメンだったので、余計にいろいろと思い悩んでしまい、最初のうちは、なんにも話せなかったくらいだ。

本当に自分のことが好きなのか、実は違う相手がいるのではないか、騙《だま》されてはいないか、そんな面倒なことをたくさん考えた気がする。

だから最初の頃の会話といえば、挨拶《あいさつ》と、相槌《あいづち》と、質問の返事くらいだった。

慣れて笑顔で話せるようになってからの期間は、とても短かった。

「もっと玲と話しておくんだったなぁ……何やってたんだろう、私ってば」

自分で自分に突っ込みつつ、まずはルーティーンの歯磨きをするために洗面所へ向かう。歯ブラシを口に入れたところでスマホの通知音が聞こえて、すぐに見に行った。

案の定、玲からのメッセージで、思わず珠莉は笑顔になってしまう。

『昨日は急にキャンセルして、申し訳なかった。金曜は夜からデートして、ホテルに泊まるのはどうかな？　実はもう宿泊の予約を入れたんだけど。少しオシャレなホテルが空《あ》いてたから』

珠莉は目を見開き、何度か瞬《まばた》きをした。

玲と付き合った期間はたった七ヶ月で、互いの家を行き来したのも数回。その間、ホテルに泊まるなんてことはしたことがなかった。

「……ホテルなんて初めて……どうしよう……オシャレなホテルって、どこかな？」

初めての経験にドキドキしてきてしまった。いろんなことを想像し、きっとそこで彼と、というところまで妄想してしまい顔を赤くしてしまう。

まだ週の初めだ、と気を引き締める。

「せっかくだから、下着を新調しようかな……今日、仕事のあとに買いに行って……アイメイクも……」

いつも最低限しかしない化粧を、少し頑張ってみようと思った。

今日は帰りにコスメを見て、下着を新調すると予定に入れながら、朝のルーティーンを終えて、いつも通りに出社した。

午前中いっぱいをかけて、翻訳家の短編恋愛小説の校正を終え、現在は別の作家の校正を始めている。

結局、翻訳小説にはかなりの修正を入れてしまったが、そこはもう割り切って、次の仕事に頭を切り替えた。

今回の仕事は、恋物語を書いたら右に出るものがいないという、有名な男性作家の作品だった。ファンと言っても過言ではないくらい、全ての本を買っている作家の作品を担当できて、感無量だった。それに、なんと言っても、修正が少ない。言葉の表現を見ているだけでうっとりしてしまう。

今回の物語は、いわゆる合コンで出会った男女の恋。たまたま帰り道が同じになった彼と彼女は、実は隣の部屋に住んでいて……という冒頭だった。

内容は大人の恋愛らしく、二人はすぐに惹かれ合うが、実は彼女は失恋したばかりで新しい恋に踏み出すことができないでいる。

彼は、そんな彼女に寄り添いつつ、どうにかして垣根を取り除きたいと思っている。

「焦《じ》れったい……でもドキドキする……」

誰もいない部署で独り言を口走ってしまった。山本は資料室で、上司の陶山は会議中だ。

思わず口に出してしまったあとで、周りに誰もいなくてよかったと、ホッとする。

そこでふと、焦《じ》れったいと言えば、もしかしたら自分たちもそうだったかもしれないと、珠莉は玲との恋愛について思う。

珠莉に気持ちを残しているなら、どうして違う人と結婚してしまったのかという思いが、ずっと珠莉の中にあった。しかし、ショックは受けても、それも仕方がないと納得していた部分もあった。

他人から見れば、不毛と感じるかもしれないが、それが自分なのだと、そう結論付けていた。

「もしあの時、玲が日本にいたままだとしたら、ただ甘えて、成長できなかったかもしれない」

生活から恋愛を抜いたことで、珠莉はそれまで以上に仕事と向き合い、人としての社会性や、仕事に対する真摯《しんし》さ礼儀、マナーを身をもって学び、成長することができた。

そして、彼との別れを通して経験した人生の悩みや苦難を乗り越えてきたからこそ、今再び玲と一緒にいることを決めた。

「これからもずっと一緒にいたい」

珠莉はそう呟いて小さく微笑んだ。金曜が待ち遠しい。

玲が予約したというオシャレなホテルが気になって、彼にメッセージで聞いてみたら、行ってからのお楽しみだそうだ。

イケズだなぁ、と思いながら、珠莉は目の前の仕事に集中するのだった。

☆

金曜が待ち遠しい毎日が続き、自分が浮足立っているのを自覚しながら、その都度気を引き締めていた。

そんな時、美優紀から急に連絡が来て、夜ご飯を一緒に食べることになった。

母のことでは美優紀にも心配をかけてしまったので、直接会って謝罪をしたいと思った。

待ち合わせをした駅には、美優紀が先に着いたようで、珠莉に手を振ってくる。

「相変わらずオシャレで美人……」

小さく呟き、珠莉は彼女に駆け寄った。

「お待たせ、美優紀」

「私も今着いたところ。じゃ、行こっか」

美優紀とご飯に行く時は、たいてい彼女が店を選ぶことが多い。それというのも、珠莉は女子的な気の利いた店を選ぶのが苦手だからだ。

センスのいい美優紀が選んだ今日の店は、以前も二人で行ったことがある店だった。

フランス料理系の居酒屋で初めて食べたエスカルゴがとても美味しかったのを覚えている。

店に着き、とりあえずお酒を頼み、すぐに運ばれてきたグラスワインで乾杯した。

「お疲れ！」

「お疲れ！」

カチンとグラスを合わせたあとは、美優紀はすぐにグラスワインに口を付けた。彼女はワインが好きで、自宅でも正広とよく飲んでいると聞いている。

「今日、職場でいろいろあってさ……正広も今日は遅くなるって言うから、久しぶりに珠莉を誘って美味しいご飯を食べようと思って」

「そうなんだ、仕事大変？」

そう聞くと、美優紀は綺麗な顔に渋い表情を浮かべて、頷いた。

「ま……いろいろあるよね」

それより、とワインを一口飲んで、珠莉をまっすぐに見てくる。

「お母さんのことで大変だったのはわかるけど……音信不通は心配するから！」

「うん……その節は、ご心配をおかけしました。今日はそのことを謝ろうと思って来たの。あの時は、悲しかったのもあるけど、いろいろなことで頭がいっぱいで」

母がいなくなってしまった喪失感に浸《ひた》りたいのに、やることはいっぱいあって、実際はたった数日のことだったけど、すごく気が滅入って、食事もあまり喉を通らなかった。

「心配したよ？　珠莉が私たちに心配をかけたくないのはわかっているけど、こういう時は連絡して頼ってほしかった」

少し沈んだ顔をした美優紀に、ため息混じりにそう言われて、珠莉は小さく頭を下げた。

「ごめん。これからは一人だから、全部自分でしなきゃって思ってて……でも本当は、ちょっと気力が尽きてたかな」

珠莉が笑みを向けると、美優紀はもう一度ため息をついた。

「辛い時は言ってよ。大して力になれなくても、傍にいるから」

美優紀の言葉が温かく、ありがたく、珠莉はちょっと泣きそうになった。というより、きっと目が潤《うる》んでいたと思う。

「ありがとう。手続きとか大変だったけど、今はなんとか落ち着いたから。でも、これからはきちんと頼る」

「そうしてよ！　手続きは私も正広も手伝えるし、相談にも乗るから」

珠莉は心強い親友がいて、心からよかったと思った。

玲にも助けてもらったけど、これからは一人で抱え込もうとせず、もっと周りに相談しようと考えを改める。

「うん。今回は、玲が力になってくれて……すごく助かった」

「え……？　なんで玲が？」

「正広さんが玲に連絡したみたいで……心配した玲が電話をくれたの」

母が逝《い》ってしまった直後の辛い時、電話中に寝落ちしてしまった珠莉が起きるまで、通話を切らずにいてくれた。『大丈夫、珠莉は一人じゃないよ』と言って。

それがとても心強く、孤独の中にいた自分を温かく包み込んでくれた。

「辛い時、話を聞いてくれて……傍にいてくれて心強かった」

そう言った珠莉に、美優紀は一瞬、表情を消したが、すぐに笑みを浮かべた。

「そっか！　さすが元カレ」

「……そんなこと……」

珠莉は面映《おもは》ゆい気持ちになり、顔を俯《うつむ》けた。

「でも、そういう相続の件とか玲は強そうだよね？　実家が公認会計士事務所だったっけ？」

「うん、そう。実際、あっという間に書類書いていくからびっくりした」

本当にすごかった、と言うと美優紀は頷いた。

「頼れる男だよね？　玲は昔から、そういう素敵さがあった！」

「うん、だね」

「もういっそ、より戻したら？　玲は独身になったんだし」

美優紀がワインを飲みながらそう言った。冗談めかして笑っているのが美優紀らしい。

そう彼は独身なのだ、とこれから一緒にいることを約束したことを思い出す。

「実は……もう一度、付き合うことになったの。これからはずっと一緒にいようって、約束した」

彼と抱き合ったあの熱を思い出しそうになる。

ずっと君を思っていたと言った彼の顔を、表情を、珠莉はきっと一生忘れないだろう。

美優紀を見ると、驚いた顔をして珠莉を見ていた。それからグラスに目を落とし、残っていたワインを飲み干した。

「そっか、そうなんだ」

「うん……最初に美優紀に話せてよかった」

美優紀はほんの少し笑ったが、そのあとは笑みを消した。

料理が運ばれてきて、二人で食べる。しかしその間、美優紀は自分から話をすることはなく、珠莉ばかり喋《しゃべ》っていたように思う。

急に様子の変わった美優紀に、ちょっとだけ戸惑う。

結局二品食べたところで、美優紀は用事ができたと言って席を立ってしまった。

「ごめん、珠莉……これで払っておいて、急ぐんだ」

にこりと笑った美優紀に、頷いた。

「うん、わかった。じゃあ、またね」

「ん、じゃあ」

手を振った彼女に、珠莉も手を振り返す。

夜ご飯には少なすぎたので、家に帰ったら何か作ろう、と思った。

誘ったのは美優紀なのに、急にどうしたのかと、ちょっとモヤモヤする。だが、そういう日もあるだろうと気を取り直す。

店を出て、駅ビルで安くなっていたお弁当を買った珠莉は、家路につくのだった。

☆

待ちに待った金曜日。今日は、仕事帰りに玲と待ち合わせをしている。

いつもは会社まで迎えに来てくれる玲だが、待ち合わせというのは、なんだか恋人らしくて新鮮な気がした。

待ち合わせ場所は東京駅だった。

あいにくの雨模様で、せっかく自分なりにオシャレをしてきたのに、ちょっと濡れてしまった。

今日は一泊分の荷物が入った、いつもより大きいバッグだから余計にだ。

指定された場所で待っていると、自分より少し遅れて玲がやってきた。軽く手を上げる彼に、珠莉も笑顔で軽く手を上げる。

「待った？」

「全然……今日、急に降り出したけど、濡れなかった？」

「少し……折り畳み傘しかなくて」

苦笑する玲の肩が少し濡れていた。ハンカチを出して、そこを軽く押さえるようにして拭くと、色気のある顔が微笑む。

「ありがとう」

相変わらず笑顔が素敵だ。

今日はこの人の隣にいて大丈夫なように、頑張って化粧をしてきたのだが、彼は珠莉のメイクがいつもと違うことには気付いていない様子だった。

「東京駅直結のホテルを予約したんだ。中は普通の部屋だけどね。レイトチェックアウトにしておいたから、ゆっくりできる」

東京駅直結のホテルなんて、バカ高いのでは、と珠莉は目を丸くした。

その様子から考えを察したのか、玲は可笑《おか》しそうに笑って、珠莉の手を取った。

「一泊だけだし、俺はそこそこ高給取りだから大丈夫。それに、一度珠莉と、こういうことをしてみたかったし」

「いや、でも、えーっと……いいのかな……」

「もちろん。もう予約してるし、料金も払ってあるから」

じゃあ、半分払うと言いたいところだが、それはきっと却下されるだろう。何より半分払えるだけの持ち合わせがない。

「……次は普通のホテルがいいな……割り勘で」

「デートに普通のホテルはないだろう？　今度は旅行にも行きたいな」

玲と旅行、というワードにまた目を丸くする。前に付き合っていた時は旅行なんて行ったことがなかった。

「いいの？」

「……まだしばらく、まとまった休みは取れそうにないけど、旅するのにちょうどいい季節には休みが取れると思う」

苦笑しながらそう言うのを聞いて、彼は昇進と共に、アメリカから帰ってきたばかりなのだと思い出した。確かに、すぐには仕事が落ち着かないだろう。

それにしても、男の人と旅行なんて初めてだ。珠莉は、なんでも玲が初めてで、言ってみれば、彼と一緒に恋というものを一つずつ勉強しているような気がする。

「嬉しい……玲と旅行なんて、考えたことなかった」

珠莉が笑みを浮かべてそう言うと、玲もまた優しい笑みを浮かべて珠莉の手を取り、指を絡ませ手を繋いでくる。

「行こうか？　ホテル内にレストランがあって、予約がなくても入れるそうだから、イタリアンか中華にしようと思ってるけど……」

そう言って歩き出す彼に手を引かれ、そのあとをついていく。

「その二つなら、中華がいい！」

「そう？　じゃあ、イタリアンは今度にしようか？」

今度という言葉が嬉しい。今までは次に会うのは一年後だった。

いつ会ってもいい、いつでも会える距離に玲がいる。そして、会えばこうして手を繋げる関係になったのだ。

それがとても幸せだと思う。

東京駅直結というだけあって、ホテルにはすぐに着いた。まずはチェックインして、玲が予約していた部屋へ行く。思った通り、素敵な部屋だった。

「すごい部屋！　高級感がある」

笑みを浮かべながら言うと、彼はベッドの端にブリーフケースを置き、軽くネクタイを緩めた。

「珠莉が気に入ってくれてよかった」

部屋の窓から東京駅が見える。急ぎ足で歩く人たちはみんな、傘をさしていた。

「珠莉」

名を呼ばれ玲の方を見ると、彼は大きく息を吐いた。それから、少し言いにくそうに声を出す。

「食事の前に、珠莉に話したいことがある……」

窓の横にあるテーブルセットに座った玲は、珠莉にも座るように手のひらを上にして、向かいの椅子を示した。

珠莉が座ると、彼は微笑んだ。

「君との約束をキャンセルした日だけど、実は元妻が会社のロビーで待っていて、やむなく話をすることになってしまったんだ」

瞬《まばた》きをする珠莉の前で、彼は大きく息を吐き出し、それで、と口を開く。

「まぁ、話の内容は、元妻の心はまだ俺にあって、復縁をしたいと言われた。でも、俺はもう珠莉との未来を歩いているから、復縁はしないし、もう会わないとはっきり伝えてきた」

小さく頷いた珠莉は、玲と視線を合わせることができなかった。

あの日玲は、自分との約束をキャンセルする理由を仕事だと言っていたのに。そんな嘘をつかず、その場できちんと話してほしかったと思ってしまう。

「仕事だと嘘をついたままにすることもできたけど、珠莉にはきちんと話しておきたいと思った。……嘘をついて、申し訳なかった」

玲は少し頭を下げ、珠莉に謝る。

ああそうだ、彼はこういう人だった、と思いながら気持ちからモヤモヤが消えていく。

女性の目をみんなハートマークに変えてしまうような色気のある人だが、芯は一本通っていて、誰も彼もと遊ぶ人ではない。

真面目で、いい人なのだ、玲は。

「わかった……でも今度は、嘘をつかずに元奥さんと会うって言ってほしい」

「もう会わないって言ってきた。彼女を好きだった時もあったけど、今は違うから」

好きが嫌いになる時がある。

たとえば結婚したあと、無条件に相手を好きでいられる期間は、どれくらいだろう。

「……そういう言葉を聞くと……好きって気持ちには、期限があるのかなって……思っちゃう」

この先、玲とずっと一緒にいることで、いつか珠莉も彼の嫌なところが気になって、彼を嫌いになる瞬間が来たりするのだろうか。

けれど、顔を上げて玲を見た珠莉は、たとえどんなことがあっても、きっと彼を心底嫌いになることは一生ないだろう、という答えに行きついた。

「期限か……君に対してはなさそうだけど。大学卒業したての君に、一目惚れして以来、何があっても嫌いと思ったことはない。たとえ、何度もデートを断られたり、キスも三回は拒否されたり、セックスも恥ずかしくて無理って言われたりしたけど」

可笑《おか》しそうに笑いながら、昔のことを話される。

「でも最終的には全部したし！」

思わず強い口調で反論すると、玲は引き続き可笑《おか》しそうに笑いながら、そうだな、と言った。

「君と初めてキスした日のことを、今も覚えている」

目を合わせ、彼は笑顔のまま大きく息を吐いた。

「唇が触れるだけの、中高生が初めてするようなキスだった。いい大人なのに、ものすごくドキドキしたのを覚えている。君が可愛くて、そのまま押し倒したかったな」

玲の当時の気持ちを初めて聞いて、珠莉は顔を赤くしてしまった。

「そんなに顔を赤くしなくても……」

苦笑する彼を見て、顔を横に向けた。

「押し倒してたら、全力で抵抗してたと思う」

「そうだな……俺は、別れたあともずっと心に君がいた。別の女性と結婚したら、いつか君への思いも色褪《あ》せると思っていたけど、結局少しも色褪《あ》せなかったな」

苦笑した顔を普通の笑みに直した玲は、珠莉をまっすぐに見る。

「君を愛してるんだって……日本に帰ってきて、改めてしみじみ感じてる」

好きと愛がどう違うかなんてわからない。でも、確実に強いのは愛の方だと思う。

六年間玲を忘れられなかった珠莉の思いも、きっと愛なのだろう。

「私も同じ……だって、私も玲を忘れられなかった。思いが色褪《あ》せなかった」

珠莉がそう言って笑うと、彼もまた変わらない笑顔で、そっか、と言った。

「嬉しい、珠莉」

テーブルに置いていた珠莉の手を玲の大きな手が包み、手を繋がれる。手のひらの温かさに心も温かくなり、そしてちょっとドキドキした。

立ち上がった彼が、珠莉の身体を抱き上げる。

大きなベッドに座り、珠莉の身体をそこに横たえた。

「珠莉、好きだ、愛してる」

イケメンすぎる玲から、耳元でそんなことを囁《ささや》かれては、どんな女性でも落ちるのではないかと思う。もちろん、玲しか知らない珠莉なんて、イチコロである。

「そんなこと、言われたら、私……」

「私、何？」

クスッと笑った彼が、自身の下半身を押し付けてくる。

「あ……」

玲のソコはもう硬くスラックスを押し上げていて、キツそうに見えた。

「食事、ルームサービスでもいいかな……珠莉」

そう言って珠莉の手を自身の下半身へと導く。その硬さを直《じか》に感じて、珠莉は彼を見る。

「私、玲の……触ったことない」

「そうだな……じゃあ、触る？」

ベルトを外す音が聞こえる。それからスラックスのジッパーを下げる微かな音。

彼の大きな手で下着の中へと導かれた珠莉の手が、硬くなっている玲に触れる。

「ん……」

小さく鼻にかかった声が玲の口から出た。もう一度彼を見ると、綺麗な目と視線が合い、色気のある微笑みが珠莉の心を騒がせる。

珠莉が親指を何度か擦るように動かすと、手の中で質量が増した。

「そのまま、触っててくれ」

そう言って、脱いでなかったスーツの上着を脱いだ。中にはベストを着ていて、カッコイイと思う。

触っててと言っても、と珠莉はどうすればいいかわからず指先だけ僅《わず》かに動かしている。その間に、彼の手がスカートの中に入ってきて、珠莉の下着を下げた。

「玲……」

声に出して名を呼ぶと、彼は小さく口付け、珠莉の唇を吸うようなキスを繰り返した。その間に彼の指は珠莉の足の間を何度か撫で、やがて中心に触れ中に入ってくる。

「ふ……っん」

ゆるゆると指が珠莉の身体の隙間を出入りする。すぐにそれがスムーズになるのは、愛液で潤《うるお》い始めているから。

初めて玲とした時も同じようにされ、潤《うるお》いが増していくのがとても恥ずかしかった。恥ずかしい、と口にした珠莉に、彼は、俺は嬉しい、と言った。

行為のあと、感じてくれなかったら途中でやめようと思っていたと聞き、それもまた恥ずかしかった。珠莉はしっかり感じていたから。

「珠莉、手が止まってる」

はっ、とため息のように息を吐いた彼が、珠莉の中に入れる指を増やしてくる。

「あん……っ」

思わず声を出してしまうと、彼が触れるだけのキスをした。

「可愛い声……今日は化粧も可愛いし……綺麗だ」

そう言って唇を啄《ついば》んで、首に顔を埋《うず》めてくる。

今日のメイクが違うのに気付いていてくれていた玲にキュンとして、珠莉の腰が自然と揺れた。同時に、身体の中も疼《うず》いてきてしまう。

「あ……あっ！」

腰が揺れたことで、ベッドの上からドサッと彼のブリーフケースが床に落ちた。

「あ……玲の……」

「いい……あ、でも……」

そう言って珠莉の中から指を抜き去った彼が、ブリーフケースを無造作にベッドに上げた。中を探って、取り出したのは避妊のためのゴム。

珠莉は身体の中からなくなった指に喪失感を感じ、息を吐き出す。

こんなこと、六年前は感じたことがなかったのに、自分はどうしてしまったのだろう。

「玲、欲しい……」

珠莉の言葉に玲は瞬《まばた》きをして、それからクスッと笑って、ゴムを手早く身に着けた。

「すぐに、あげる」

足を開かれ、彼の先端が入り口に触れたかと思うと、押し開くように中に入ってくる。

「は……あっ！」

「欲しいなんて、初めて言われた……嬉しいよ、珠莉」

玲も珠莉も服を着たまま、ただ身体同士を繋げている。なんだか動物的だと思いつつ、とても気持ちがよかった。

横抱きの姿勢のまま足を引き上げられ、彼の入ってくる深度が増す。いつの間にか、珠莉は自分で身体を動かしていた。

「珠莉……っ」

玲が起き上がり、珠莉の背中がベッドについた。彼は珠莉の膝を両手で開き、強く揺すり上げてくる。

肌が当たる乾いた音が聞こえてきた。それだけ激しく彼が抽送《ちゅうそう》をし、そのたびに愛液が攪拌《かくはん》され濡れた音を出す。

恥ずかしいという気持ちが全くないわけではない。でもそれより、彼から与えられる快感が気持ちよかった。

「あっ……れ、い……っ」

彼の顔も気持ちよさそうに見える。いつもより何倍も色気を増して、玲は珠莉の身体で感じていた。

そんな玲を見ていると、自分が女性でよかったと強く感じた。

愛し合う喜びに、なんだか嬉しくて涙が浮かぶ。

「痛い……?」

珠莉の涙を痛みのせいと勘違いした玲が動きを止め、は、と熱く息を吐き出した。

「痛くない、気持ちい……っ」

珠莉が言うと、玲は大きな手で頬を包む。

「よかった……俺も、気持ちいい……でも、もう、イキたいな」

そう言って、彼は動きを再開した。先ほどよりも強く、速く突き上げられ、珠莉はただ声を上げるしかない。

別れたあと、彼を好きな気持ちは、ずっと止まったままだった。

六年ぶりに動き始めた気持ちは、日々大きく強くなる。そして、彼から同じ気持ちを返されて、こんなに幸せな気持ちになるとは思いもしなかった。

激しく揺さぶられながら、珠莉は玲に手を伸ばす。

それに応《こた》えるようにギュッと抱きしめられる。そうしながら、より一層強く腰を揺すり上げて、玲は珠莉を翻弄《ほんろう》した。

達したのは二人ほぼ同時。服を着たままだったので、余計に身体が熱く感じた。

起き上がった玲はネクタイを解き、繋がったまま下にいる珠莉を見る。呼吸が整わず、胸を大きく上下させながら、彼を見上げた。

「もう一回、いい？」

玲の言葉にすぐに頷いた。

彼は一度珠莉の中から自身を抜き、ゴムを取り去る。それを見て、達したことがよくわかった。

「玲、美人でもない私のどこに一目惚れしたのか、教えて」

新たなゴムを取り出し、封を切った彼は微笑んだ。

「これが、終わったらね」

ゴムを身に着けた彼は、すぐに珠莉の中に入ってきた。はぁ、と息を吐き出したあとは、珠莉のブラウスのボタンに手をかけ、ブラジャーのホックを背中に回した指先で器用に外す。

露《あら》わになった胸に彼の唇が吸い付き、珠莉は息を詰めて、背を反《そ》らした。

これが終わったら、どんな言葉が返ってくるだろう。それを考えてドキドキする珠莉だが、すぐに彼との交わりに夢中になって、どうしようもなく翻弄《ほんろう》されるのだった。

11

『玲、美人でもない私のどこに一目惚れしたのか、教えて』

その答えを、彼はもう一度した後も、教えてはくれなかった。


昨日の夜から素敵なホテルでデート。

セックスのあと、玲は約束通りルームサービスを取ってくれて、ベッドの上で食事をとった。

映画のワンシーンみたいで楽しかった。

そのあとは、二人とも仕事帰りということもあり、揃ってぐっすり眠ってしまい、翌朝、珠莉が目を覚ました時には、玲は隣にいなかった。

「玲……？」

起き上がったことで、裸の胸が露《あら》わになり、慌てて布団を掻き寄せる。

「何も着ないで眠ってた……」

珠莉はほんの少し前までの自分には想像もつかないほど、ラブな時間を玲と共有していることに、内心照れていた。

そのまま布団に突っ伏すと、気持ちを落ち着かせるために大きく深呼吸する。

顔を上げて胸元を見ると、肌のあちこちに赤い痕《あと》が散っていた。

「キスマーク……」

玲から愛された証《あかし》が、珠莉に昨夜のことを思い出させる。

昨夜は服を脱がずに一度して、それからすぐにまた、今度は少しずつ服を脱がされながらした。

珠莉と身体を繋げながら、彼は手際よくブラウス、それからスカートを脱がしていった。

「片手の指先でブラのホックを外せるなんて、手慣れてる……」

玲ほど色気のある素敵な男性なら、そんなことができるのも当たり前なのかもしれない。

もともと玲は、出会った時から大人の男の人という感じで、珠莉より経験豊富なことはわかりきっていた。

昨夜のことを反芻《はんすう》しているうちに、顔が赤くなってしまう。

珠莉の身体で気持ちよくなっている玲は、どうしようもなく色っぽかった。そして、この人は今、自分だけのものなのだ。

隣にいない玲は、きっとシャワーを浴びているのだろう。微かに水音がする。

彼が出たら珠莉もシャワーがしたいと思って、床に足を付ける。その時、ルームウェアが枕元に置いてあるのに気付いて、玲の配慮をありがたく思う。

ベッドに座ったまま珠莉がルームウェアの袖《そで》に腕を通しボタンを留めていると、同じルームウェアを着た玲が、髪の毛を拭きながら浴室から出てきた。

「おはよう、珠莉」

「おはよ、玲」

微笑んだ彼が、珠莉に近づき頬にキスをした。

「ごめん、先にシャワー浴びた。昨日は結局、シャワーも浴びずにしてしまったし」

そう言って、軽く髪の毛を整えた彼が珠莉の隣に座る。

「玲は、ピアスを開けたことないのね」

露《あら》わになった玲の耳が目に入って、そんな質問をする。彼の友達である正広は両耳にピアスの痕《あと》があって、今も着けられると言っていた。

「友達に、影響されたりしなかったの？」

「あんまりアクセサリーを着けるのは好きじゃないから。金属アレルギーもあるし。そういう君も、ピアスの穴を開けていないよね」

彼は珠莉の肩を軽く抱いた。

そうして玲は、珠莉の耳が見えるように、指先で髪を掻き上げる。

なんだか痛そうという理由で、珠莉はピアスの穴を開けたことがなかった。美優紀はピアスの穴を開けているが、開ける時は痛かったらしい。それを聞いただけでそんな気にはなれなかった。

耳朶《みみたぶ》に触れる玲の手が温かく、されるままでいると、そっと口付けられる。そして、そのままゆっくりと覆いかぶさられた。

「玲……」

チュ、と水音を立てて交わす唇が温かく柔らかい。

「シャワー浴びたい」

「あとで一緒に浴びない？」

玲には身体の隅々まで全部見られている。

けれどそれは、なんとなくまだレベル的にハードルが高すぎる気がして、珠莉は顔を赤くしながら首を横に振る。

「それは、無理……」

珠莉の顔を見て、玲が瞬《まばた》きをし、耳の後ろにキスをした。

「そんな可愛い顔すると、時間いっぱいまで抱きたくなるから困るな……」

せっかく留めたボタンを玲に外され、珠莉の乳房が露《あら》わになる。

「私、昨日からお風呂入ってない……っ」

「いいよ、そんなの……それよりも、今は好きな人を愛させてほしいな」

玲はきっと、海外に赴任して色っぽい言葉を言うようになったのではないかと思う。もともと素敵で色気のある人だから、余計にその言葉には威力があった。

「ダメならしない」

そんなこと言うなんて酷い、と思いながら彼の首に手をかける。

「私がシャワーを浴びる時間は残してね」

そう言うと、彼は珠莉の大好きな笑顔のまま、額同士をくっつけた。

「わかった」

約束すると言いながら、彼は珠莉の乳房を綺麗な形の唇で吸った。

「あ……っ」

このあとの珠莉は、ただ甘い声と吐息を上げるだけとなる。

休日の朝から、玲との行為に溺《おぼ》れてしまったのだった。

☆

金曜日から玲と過ごし、土曜日も一緒に過ごす予定だったが、珠莉がシャワーを浴びて戻ると、彼は会社からの電話を受けていた。

電話を終えた彼は渋い顔をして、仕事になったと言った。

せっかくレイトチェックアウトにしたのに、とぼやく彼は酷く残念そうで、不機嫌そうに見える。困ったことに、その不機嫌そうな顔もまた魅力的で、本当にこんな素敵な人が自分の彼氏でいいのだろうかと、思ってしまった。

ごめん、と謝る玲と一緒にホテルから出て、また連絡すると言って微笑む彼と東京駅で別れた。別れ際、玲は自分の家で待っていてほしいと言ったが、母の遺骨もあるので、珠莉は家に帰ることにしたのだった。

バスと電車に乗って自宅に行きついた時には、ホテルを出てから一時間と少しが過ぎていた。たった一日半くらいしか自分のアパートを離れていないのに、まるで数日間帰っていないような気がした。

「ただいま、お母さん」

母の遺骨に声をかけて、線香をあげた。手を合わせて一息ついた時、メッセージの着信音が聞こえた。

相手は美優紀で、今日会えるかという内容だった。

「会えるよ。どこで待ち合わせする、と……」

メッセージを送るとすぐに返事があって、実は珠莉のアパートの近くまで来ているとのことだった。本当はサプライズで訪ねようと思ったが、不在だったらいけないので一応先に連絡した、とある。

こうなると玲との時間は惜しかったが、美優紀と行き違わなくてよかったと思う。休日にゆっくり美優紀とお喋《しゃべ》りして過ごすのも久しぶりだ。

ほどなくしてインターホンが鳴って、玄関を開けると美優紀が笑みを浮かべて立っていた。

「お昼まだよね？　ケーキとピザ、罪なメニューにしたよ」

「本当に罪なメニュー……テーブルに置いてて、私飲みものを用意するね。コーヒーでいいかな？」

「うん！　あとお茶も！」

了解、と返事をして、珠莉はキッチンで湯を沸かす。

コーヒーを新しく買っておいてよかった、と思いながら、フィルターをセットしコーヒーを入れた。

「珠莉の家に来ると、ちゃんとコーヒーを淹《い》れてくれるから得した気分になるんだよね」

「そう？　ならよかった……ごめんね、コーラとかあったら、もっと罪だったんだけど」

話していると、美優紀は母の遺骨に気付いて立ち上がる。

「お参りしていい？」

「もちろん、ありがとう」

コーヒーを淹《い》れている間にちらりと見ると、美優紀は母の遺骨に手を合わせていた。こうやって、手を合わせてくれる友人がいることをありがたく思う。

コーヒーを淹《い》れ終わり、お茶と一緒にトレイに載せ、ピザの置いてあるテーブルへ向かった。飲みものを並べると、早速とばかりに美優紀がピザの箱を開ける。

「エビマヨ！　嬉しい、私が好きなの覚えてたんだ？」

「大学からの友達だからね」

二人で笑い合って、エビマヨピザにかぶりついた。

「珠莉、玲とは順調？」

一枚目を食べ終わった美優紀がそう言ってこちらを見た。

珠莉は笑顔で頷いた。

「うん、順調。デートもしてる」

彼は誠実だ。

元妻と会ったことで、一度デートがキャンセルされたが、それを黙っていることもできたはずなのに、内容を正直に話してくれた。

「デートしてるんだ？」

「うん」

珠莉の顔を覗き込んで、笑みを浮かべながら美優紀が聞いてくるので、珠莉は顔を赤くしながら答えた。

「忙しいみたいだけど、私と会う時間を作ってくれてる。今は仕事が大変みたいだけど……落ち着いたら一緒に旅行に行こうって誘ってくれて。今度、どこに行くか二人で決めようって話してる」

美優紀は表情に笑みを残したまま、小さく頷いた。

「そっか……また前みたいにラブラブなんだね」

「や……そんな、ラブラブなんて」

珠莉は焦って否定しつつ、でもそうかも……と思った。

昨日のホテルデートでは、身体中にキスマークをつけられるほど愛し合った。

自分でも感じるが、六年前と違って、彼とのセックスにためらいがなくなったと思う。恥ずかしさが先立って、彼を焦《じ》らしてしまっていた過去の自分を思い出すと、それもまた面映《おもは》ゆくて恥ずかしい。

もちろん恥ずかしさがなくなったわけではないが、一度別れてもう一度恋人として抱き合うことができるようになった今を、とても愛おしく思うのだ。

「……っていうか、玲も、珠莉を忘れてなかったもんね。初めて会った時から、玲は珠莉しか見てなかったし」

「そうだっけ……？　それ、あんまり覚えてなくて」

珠莉はピザで汚れた指先を拭った。

「私は、玲を初めて見た時、びっくりするくらいイケメンで驚いた。まるで主役を張る俳優って感じで、色っぽいし、背も高くて。とにかくあの整った顔立ちにドキドキした」

正直な感想を言って、美優紀は笑いながら新たなピザを口に入れる。

「そうだよね……私もびっくりして、ずーっと見てた」

すると、はぁ、と大きく息を吐いた美優紀が、口の中のピザを流し込むようにお茶を飲んだ。

「今だから言うけどね、私、玲が好きだったの。珠莉と最初に付き合ってた時もずっと好きで、実は……今も好き」

珠莉はピザを取ろうとした手を止め、美優紀を見る。

「正広と結婚したけど……正広は、私の気持ちを最初から知ってて、それでもいいって言うから結婚したんだ。この際だから全部言うけど、前に珠莉と付き合ってた時も、別れたあと日本に帰ってきた時も……一年に一回アメリカに会いに行ってた時も、ずっと玲を誘ってた……」

美優紀が一年に一回アメリカに行っていたなんて、珠莉は知らなかった。そして、玲を誘っていたということも。

確かに玲は、ものすごく魅力的な人だ。隣には美人が似合うと思うし、女性たちも彼を放っておかないだろう。それこそ、なんで珠莉を選んだのかよくわからないほど。

『玲、美人でもない私のどこに一目惚れしたのか、教えて』

そこでふと、昨日、彼とのセックスの合間に聞いた言葉を思い出す。そういえば、まだ答えを教えてもらっていない。

「玲は、ただの一度も私の誘いには応じなかった。珠莉と付き合っていた時は、珠莉しか見てないからって。結婚していた時は、妻がいるからって。すごい誠実で、素敵な人だわ、玲は……」

今まで彼は何も言わなかったし、美優紀にも普通に接していた。

彼女は顔に笑みを浮かべているが、目は笑っていないように見える。

そして美優紀は、なんでもないような口ぶりで、ピザを食べながら話す。

そんな美優紀を、珠莉はただ呆然と見つめることしかできない。

「この前まではね、好きじゃなくても奥さんとセックスしてるんだから、私ともできるでしょって誘ってた。アメリカに行ったら、玲は優しいからちゃんと会ってくれたけど、でも……誘っても何もなかった」

「正広さんは……」

「正広は、全部知ってる。ちゃんと私のことを知って結婚して、愛してくれていて……でも、私の心の中にはずっと、玲がいる。きっと玲は、珠莉にこのことを話さないと思ったから……」

ピザのソースで汚れた口元をティッシュで拭き取り、美優紀はまっすぐ珠莉を見る。

「ちゃんと話しておきたかった。ずっと、珠莉が羨《うらや》ましかったこと、私が選ばれなくて悔しかったこと。それに、本当は珠莉のことは好きだけど、嫌いなこと」

そう言って涙を流した美優紀は、もう一枚ティッシュを取って自分の涙を拭った。

「私は……自分なりに珠莉よりもずっと長く玲のことを見つめてきたつもり。彼は真面目で、誠実で、それでいて男としての魅力があって……」

そこで一度言葉を切った美優紀は、大きく息を吐き、涙に濡れた目で再び珠莉を見つめる。

「誰もが人として惹きつけられてしまうような、素敵な人。まだ、結婚相手なら、玲に気持ちがないから気にしないでいられたけど、でも……珠莉は……珠莉と戻ってしまったら……玲はきっと、もう二度と珠莉を離さない……」

下唇を噛んだ美優紀は、新たなピザを手に取り、かぶりつく。

「玲に自分のどこが好きか聞いたことある？」

唇の端を舐《な》めながらそう言われ、珠莉は何も答えずじっと見つめた。

「私はある……」

まるでやけ食いのようにピザを食べる美優紀を見て、珠莉はなんとも言えない気持ちになった。

あまりに突然の告白に、どうして美優紀が、という思いに囚《とら》われる。

玲と付き合っている時も、別れてからも、ずっと変わらず仲良くしてくれていた。仕事の悩みも聞いてくれたし、恋の悩みも同様だった。なのにその裏で、玲に対する苦しく深い思いを抱《いだ》いていたなんて知らなかった。

珠莉はどちらかというと鈍感な方だが、今日ほど、そんな自分が嫌になったことはない。

「珠莉って色白でしょ？　頬っぺたとか綺麗な淡いピンク色で、唇もちょっと赤くて。わかりやすい美人じゃないかもしれないけど、すごくキレイ。玲はね、珠莉を初めて見た時、なんだかキラキラ光って見えたんだって」

美優紀は珠莉を見て微笑んだ。

それからコーヒーを飲み、次にお茶を飲んで、また大きく息を吐く。

「太陽の下で、白い肌が発光して見えた感じ？　玲の目には珠莉がとても可愛くて魅力的に映ったって……自分で言うのもなんだけど、よく美人って言われる私は全く目に入らなかったみたい」

顔を上げて珠莉を見た美優紀の表情には、少しの悪意もなかった。

彼女は満面の笑みを浮かべながら、目に涙を浮かべている。

「だけどね、私は頑張ったの。ずっと、頑張った。元奥さんと結婚したのはショックだったけど……玲は優しいから結婚しただけだってわかってた。それに、離婚は簡単にできることじゃないって言ってたから、珠莉ともう一度なんて、ないと思ってた。だけど、やっぱり玲には珠莉だった」

だから、と言って、笑みを消した美優紀がまっすぐ珠莉を見る。

「私、もう珠莉とは会えない。玲はきっと……もう珠莉を離さないと思うし、今度こそ珠莉と結婚したいと思ってるはずよ。私は、そんな二人を見たくない。それにね、ちょっと前にニューヨークできっぱりと言われたの。私の気持ちには応《こた》えられないって、もう会いに来てほしくないって……」

美優紀の言葉に、珠莉は首を振った。

美優紀は大切な友達で、これからもずっと友達でいたいと思っている。他愛のない話をしたり、女同士で一緒に旅行だって行きたい。

なのに、彼女は珠莉に絶縁宣言をする。

「そんな……どうして急に……私は嫌だ！」

嫌だと言うと、美優紀もまた首を横に振った。

「珠莉のこと好きだけど、これから先は、もう好きでいられるかわからない。正広には、今日のことは話してあるし、これからのことも言ってある。今後も正広とは会うと思うから、私の近況は彼から聞いてね」

「だから、そんなの納得できないよ！」

声を上げる珠莉に構わず、美優紀はバッグを持って立ち上がった。

「お母さんを亡くしたばかりの珠莉に、こんなこと言っていいのか、すごく迷ったけど……私が、珠莉を見てると苦しいから……ごめんね。でも、もしもこの気持ちが少しずつ思い出になって、私の気持ちが変わったら、その時は……また、友達になってほしいかな」

だから、と美優紀は少しだけ頭を下げた。

「今は、さよなら！」

玄関に向かって手早く靴を履くと、美優紀は一度も振り返らずに、珠莉のアパートを出ていった。急いであとを追いかけ玄関を開けると、彼女はもうアパートの階段を下りるところだった。ほんの少し、着ていた服が見えただけ。

「そんな……」

こんなのありなのかと思うほど、珠莉は突然、大切な友達をなくしてしまった。

珠莉はアパートのドアを閉め、ピザが置いてあるテーブルの前にペタン、と座る。

もう会わない、と言われた時は、なんでそんなことを言うのだと思った。けれど、もし美優紀の言うことが事実であれば、これまでずっと辛い思いをしていたのかもしれない。

「鈍感な私に、玲のことを相談されたり、デートの話を聞くのは苦痛だっただろうな……」

それを思うと、胸が痛くなる。

聞きたくなかったはずなのに、これまでそんな素振りは全く表に出さなかった。友達として、珠莉の話を親身に聞いてくれていた。

もちろん、玲と付き合っている時に、珠莉に隠れて彼を誘っていたのは許せない。それでも、やっぱり美優紀は大切な友達で、ずっとそうだと信じていた。

この先も、それは変わらないと思っていたのに。

美優紀が買ってきてくれたピザは、すっかり冷めてしまっていた。

珠莉は、自分の気持ちを正直に話してくれた美優紀のことを思う。

このまま、何も言わずに珠莉との関係をフェードアウトして、距離を置くことだってできたはずだ。でも彼女はそうしなかった。

そのことが、美優紀が珠莉を大切に思ってくれていた証《あかし》のように思う。

たぶん美優紀は、珠莉が大切だから話したのだろう。自分と同じように大切な友達だと思ってくれていたから、玲への本当の気持ちを正直に話し、気持ちに決着を付けたかったのかもしれない。

そうでなければ、美優紀が絶縁までするはずがない。

決別した友人を思い、珠莉は涙を流した。

「ごめん美優紀……でも、私は美優紀と会えなくなっても、玲と離れることは、もうできない……」

珠莉の中で答えは出ていた。

だが、会えなくなっても、美優紀は自分にとって大切な友達だ。今日、彼女が話してくれたことはきっと一生忘れない。

こうなったのは、ひとえに野上玲という男が魅力的であるからこそ。

けれど、珠莉はその魅力的な男に愛されて、抱きしめられて、キスをされるたびに、どうしようもなく幸福になるのだ。たとえ友達が離れていっても、ずっと隣にいたいと思うくらいに。

「さよなら、美優紀。でもいつか……叶うなら、もう一度、友達に戻りたい」

珠莉はそう口にして、残ったピザを頬張った。

美優紀が買ってきてくれたピザを残さず食べ切ろうと、無言で口を動かし続ける。

ピザは冷めても美味しかった。だから余計に泣けてきた。

どうしてこういう時に、玲は傍にいないのか。

美優紀とのことをきちんと彼の口からも聞きたいが、それよりも今は無性に彼に抱きしめてほしかった。

12

ピザとケーキを食べた珠莉は、ホテルで別れた玲にメッセージを入れた。

やっぱり玲の家に行っていいかと聞いたら、しばらくして、待ってる、と短いメッセージが返ってくる。それにホッとした。

美優紀のことを思うと、一人で家にいるのが辛かったのだ。

四十九日に大事な母を見送ったら、これからはもっと自分のために時間を使いたいと思っていた。

その矢先に、まさか一番の友達と絶縁するとは思わなかった。

その理由に納得ができたとしても、どうしたって落ち込んでしまう。

珠莉は彼が帰ってくる時間に合わせて、家を出た。

彼の家には、電車とバスを乗り継いでいく必要があるが、交通の便は悪くない。

予定通りに玲のマンションに着いて、インターホンを押した。

すぐに出てきてくれた彼は、珠莉を笑顔で迎えてくれる。落ち込んでる時、こうやって珠莉のことを受け入れてくれる人がいることにホッとする。

「玲……」

「どうした……？　とりあえず、上がって」

促《うなが》されるまま家に上がり、近くにあったソファーに座る。

珠莉の顔から何かを察したのかもしれない。彼は二人分のコーヒーを淹《い》れると、珠莉の隣に座っていつもの優しい笑顔を向けてくる。

「ホテルで別れたあと、何かあった？」

珠莉は少しだけ笑って、口を開く。

「……美優紀が家に来て、ずっと玲のことが好きだったことを聞いた……今でも好きだって……だからもう、私とは会えないって、言われた……」

珠莉の言葉に、少しだけ目を泳がせた玲は、大きく息を吐いた。

「俺と珠莉がまた付き合うことになったからだろう」

そう言った彼は、コーヒーを飲んで、また大きく息を吐く。

「黙っていたけど……美優紀には、正広と結婚してからも、何度か誘われたことがある。でも、俺は誓って彼女とは何もないし、何もしてないよ」

美優紀も同じことを言っていたことを思い出し、珠莉は小さく頷いた。

「キスも？」

「あるわけない。美優紀は親友の彼女だったし、今は妻だ。正広は美優紀の気持ちを承知で結婚したと知っているが、それだけあいつが美優紀に惚れてるのも俺は知っている」

淡々とそう言う彼に、珠莉はコーヒーを飲んでカップをテーブルに置いた。

「正広さんはそれでいいの？　玲は、何度もそうやってその……」

「そうだね、言い寄られてた。俺としては、正広とは友達でいたいし、こんなことはやめてほしいと言った。なのに正広は承知だと聞いた時は、さすがにね……」

玲は、こうやって人を惹きつける人。

顔もいいし、人もいい、学歴も高くて、収入も同様だ。

「私は玲と一緒にいると、本当のところ……ちょっと不安になる」

「不安……？」

珠莉が頷くと、玲は少し眉を寄せた。

「玲のスペックの高さよりも、あなた自身の魅力に惹きつけられた人は……一度でも傍にいると二度と忘れられなくなる……元奥さんも美優紀も……そして、私も……」

珠莉は軽く下唇を噛み、俯《うつむ》いた。

「私を含めて、みんな別れても何を言われても、玲が好きだった。あなたが、素敵な人だから」

そう言うと、玲はどこか焦ったような表情をして、そんなことないと首を振った。

「今まで黙っていたのは、美優紀が君の友達だったからだ……そんな顔をしないでくれ、珠莉」

「そういう意味じゃなくて！」

珠莉は少し声を荒らげてしまったが、すぐに冷静な声を取り戻した。

「玲にその気がなくても、周りの人は玲を好きになってしまう。私もその一人だけど……」

一呼吸おいて、玲を見る。

「玲は、私と一緒にいるって決めてくれたから……信じるよ。でも、玲が優しい人なのは知ってるけど、できればもう、私以外の人には、あんまり優しくしないでほしい。絶対、勘違いさせるから」

美優紀のこと、そして元奥さんのことを思う。

これだけ魅力的な人なのだから、好きになるのも、気持ちを引きずるのも当然だ。

彼に気を持たせるつもりがなくても、誠実で優しい人だとわかるから、余計に心が引きずられるのだろう。

珠莉だってそのうちの一人だ。

別れたあとも、ずっと忘れることなんてできなかった。

「私は、美優紀とこんな形で会えなくなるなんて思わなかった。それでも、私は玲とは離れられない。だから、約束してほしいの……」

珠莉が下唇を噛むと、彼は珠莉の頬を撫でた。

「俺だって、君ともう離れられない。約束するよ、珠莉」

「本当に？　これからだって、玲の魅力に参っちゃう人は出てくると思う。そういう人に、優しくしないって、約束できるの？」

まっすぐに見つめてそう言うと、微笑んだ彼が頷いた。

「俺は君しか好きじゃない。だから約束する。……今まで、あまり自分のそういうところに自覚がなかったけど、君から言われて実感した。これから気を付けるよ」

しっかり自分を持っている人だからこそ、約束は守ってくれるだろう。

そういう玲だから、人を惹きつけてやまないのだとわかっている。

「ありがとう……」

珠莉の言葉のあとに、玲は少し顔を俯《うつむ》け、口を開く。

「美優紀のことは……君を思って黙っていたつもりだったが……ただ俺が、珠莉に幻滅されたくなかっただけで、思いやりでもなんでもなかったな。申し訳なかった」

玲は目を閉じ、少し頭を下げる。

「美優紀のことは、悲しいし、辛い」

「うん。君にそんな思いをさせてすまない」

珠莉は玲を見てその腕を抱きしめ、身体を寄せた。

「でもいつか、時が経てば、また友達に戻れるかもしれない」

そう言うと、玲が珠莉の肩を抱いた。

珠莉を抱き寄せた手は次に頬を包み、珠莉はその手に頬を摺り寄せる。

「でもやっぱり、寂しい……」

「……今日は、泊まっていく？」

珠莉は頷いた。

彼を見ていると、たまらなくキスがしたくなり、自ら唇を重ねた。すぐにキスの深度が深くなっていき、身体の力が抜け、ソファーに背がつく。

「玲……好き」

珠莉は彼を誘った。

好きだから、彼を近くに感じたくて、玲に抱いてほしかった。

昨日も今朝もしたのに、と思う気持ちがないわけではない。

「せっかくの休みなのに、昨日からしてばかりだ……でも、珠莉を抱きたくてたまらない」

彼の言葉を聞くと、嬉しくて、思わず微笑んだ。

「私もそう思ってた」

彼が、またキスをする。唇が触れ合い、吸われる。舌を絡める深いキスになるのは、すぐだった。

「あ……れ、い」

息を吸う時に彼を呼ぶと、珠莉にかかる重みが増し、彼が少しきつく抱きしめてくる。

「珠莉」

玲の声が低く甘く響いた。

耳元で名を呼ばれるだけで、下半身が疼《うず》いてしまう。

愛しているのはこの人だけ。そう思いながら、深くなる行為に珠莉は小さな喘《あえ》ぎ声を上げるのだった。

☆

「それは……野上が悪いと思う……悪いって言うか、そういうの惹きつけるんだよな、野上は」

「私も野上さんが悪いと思います。野上さんみたいな人に優しくされたら、誰だってすぐにコロッといきますよ。私だってコロッといきそうですもん」

ランチミーティングと称して、社員の情報収集のために同期の石川、高校の後輩である佐島と食事をとっている最中、元妻のことを聞かれた流れで、新川美優紀のことも話した。

美優紀のことをよく知る佐島は、かなりドン引きしていた。

正広の妻だと知っているし、話せば話すほど、穴に落ちていく感じだった。

「ただ、コロッといってもですよ？　コロッといっただけ、好きになった方が闇落ちするんですよね……美優紀さんバカですね。新川さん、マジでいい人なのに。新川さんも、ある意味バカですけど」

でもさ、と横から石川が口を出す。

「新川さんは、惚れた弱みがあると思う。美人だしな、奥さん」

「美人だったら何してもいいって言うんですか？　違うと思うなー」

いつの間にか、玲そっちのけで、あーだこーだと言い合っている二人がいて、それを聞いていると、確かにいろんな思いが交差している案件だと改めて思った。

最初は、正広がどうして美優紀に好き勝手させているのかわからなかった。結婚したのに、妻が単身自分に会いに来て、それを承知しているなんて理解ができなかった。

もちろん、直接正広に理由を聞いたし、抗議もした。

『俺は美優紀が好きだし、野上のことを好きな美優紀も好きなんだ。でも、野上と美優紀がどうにかなるとは思ってない。だから、行かせた。どうせ、美優紀が帰るのは俺のところしかないんだから』

どこか達観したようなことを言う正広に、それ以上のことは言えなかった。

それにある意味、正広は玲のことを信じているということなのだろう。

現に正広は、『それにさ、野上は珠莉ちゃんしか好きにならないだろ？　何がどうドストライクなのかわからんけど、滅茶苦茶好みだもんな』と言って笑っていた。

「どっちにしてもさ、野上が色男なのが悪いと思うけど？」

「同感です！　足長くてスタイルよくて、その上マスクもイイなんて、誰だってコロリといきますよね？」

じっと玲を見る二人に、ため息をついて頷いた。

「わかってるよ、そんなこと。だからって、既婚者の美優紀がまさかアメリカまで来るなんて思わないだろ。こっちは毎回きちんと断ってた。元妻に対しても同じだ。俺にとってはそれが全てなのに、まさか今、ようやくまた付き合えた珠莉に全部喋《しゃべ》るなんて……」

投げやりになってそう答えると、石川も佐島もため息をついた。

「ま、不可抗力ですよね」

「しょうがないっちゃしょうがないけど……それで、今の彼女……珠莉さん？　どうするんだ？　野上のせいで親友を失くしたようなもんだし、落ち込んでるんじゃないか？」

石川がそう言って食事を口に運ぶ。いつもは早飯食いのくせに、今日はやたらと遅かった。佐島も同じだ。

二人が玲のことを考えてそうしてくれているのがわかり、ありがたいと思う。

アメリカにいた時は、人間関係は可もなく不可もなく。良くも悪くも個人主義で、他人はどうでもいいというスタイルだった。日本に帰ってきてこうして二人と話すと、厳しくもありがたい助言に、人間関係は大事だと、しみじみ思った。

「心配をありがとう……まぁ、フォローはしてるけど、これから喪失感で落ち込まないといいな、って思ってる」

玲は珠莉が大事だ。

これからは彼女だけを大事にしたいと思っている。

日本に帰る前、美優紀には気持ちには応《こた》えられないと、はっきり伝えていた。そして、もうこうやって会いに来てほしくないと告げ、何があっても自分が美優紀を好きになることはないと、はっきり伝えた。

そして珠莉を傷付けたくないから、彼女には話さないと約束してほしいと言う玲に、彼女は頷いたはずなのだが。

約束を破った美優紀を腹立たしく思った。

珠莉は美優紀を信じていたし、ずっと友達でいたいと言っていたのに。

「珠莉の友人関係が壊れたのが俺のせいだとしても、彼女には言わないと言った美優紀が約束を破ったことは、許せない」

珠莉が玲の家に泊まった翌日、美優紀から着信があった。けれど、玲は美優紀の電話番号を着信拒否にし、電話にも出なかった。

そして正広にメッセージを送信し、これからは正広なしで美優紀とは会わない旨を伝えたら、わかったとだけ返信があった。

正広も苦しい思いをしていると思うが、美優紀の思いが叶わないことは、初めから正広もわかっていただろう。

「今日、飲みに行きませんか？　仕事も早く片付きそうですし」

佐島がにこりと笑って、玲に提案してきた。

「美優紀さんは自分勝手ですから、もうそこはしょうがないとして。ここはひとつ、先輩の大好きな珠莉さんに、新しい人間関係などはどうでしょう？」

「何を急に……」

「今すぐ親友にはなれなくても、私は同性ですし、今後、ちょっとイイ感じに話したり出かけたりできる相手にはなれるかもしれません。私の方がちょっと年上だけど、先輩よりは近いですし」

微笑む佐島に玲は少し考え、肩の力を抜いた。

「そうだね……これからも君らには世話になるし……」

じゃあ、と笑顔のまま佐島が提案する。

「今度、珠莉さん誘って飲み会しましょう？　予定を聞いておいてください。その前に、今日は遠慮なく飲んで楽しくしたいですね」

「ああ、それ賛成だ。最近、仕事でいいことなかったし、状況を立て直してくれている野上とは、これからもよろしくしたいしな」

石川も同意したことで、飲み会をどこでするかという話になった。

ランチミーティングは本来の目的を逸脱してしまったが、きちんと仕事ができて、仕事も任せられるこの二人を、これからも頼りにしたいところだ。

そして、佐島の提案はありがたいが、人付き合いに慎重な珠莉とすぐに親しい友人関係になるのは、少し難しいだろうと思う。

だが同時に、前向きな彼女なら、未来を見据えてチャレンジするかもしれないとも思った。

珠莉に新たな人間関係ができてもできなくても、玲はどちらでもよかった。なぜなら、これからは彼女の傍には自分がいるからだ。

一度離してしまった手をもう一度繋ぐことができたのだから、絶対に離したくない。

「とりあえず、その件は珠莉に話してからで」

玲がきっぱり言うと、二人は同意した。

いずれこの会社は辞めることが決まっている。けれど、目の前の仕事をおざなりにするつもりはないし、交友関係も大事にしたいと思う。

珠莉との新しい生活は始まったばかり。

玲は二人のこれからを考えながら、同僚との食事をするのだった。

☆

珠莉は玲の家に来ることが多くなった。

なので合鍵を渡し、いつでも好きな時に来てほしいと伝えていた。

彼女は母の遺骨をまだアパートに置いているため、家に来るのは三日に一度くらいだが、来た時は泊まっていく。

仕事が一段落した週末。

玲の家でゆっくりしたいと泊まりに来ていた珠莉に、会社の同僚が一緒に飲みたいと言っている旨を伝えると、彼女は少しためらったあと、行くと言った。

「珠莉がこんなに早く返事をするとは意外だった。もっと考えるかと思ったよ」

人付き合いには慎重な方だから、と言うと、彼女は笑った。

「今でも人付き合いはやっぱり慎重になってしまうけど……でも、玲の同僚に会ってみたくなって。玲はめったに仕事の話をしないし、会社の人との飲み会に私を誘うのも初めてだから、よっぽど信頼している人なのかなって思って」

珠莉から言われて、そうだっけ、と思った。

仕事の話をしても楽しくないだろうし、珠莉も興味はないだろうと思っていた。

それに愚痴っぽくなってしまったら嫌なので、正広にも仕事の話はよっぽどでない限りはしたことがない。

「そうかもしれないな」

「きっとそうだと思う」

フフッと笑った珠莉の淡い赤色の唇が弧を描く。その顔が可愛い。

初めて見た時から心が騒ぎ、珍しく自分から猛アプローチして付き合えることになった時は、とても嬉しかったし大事にしたいと思った。

まさかそれが、たった七ヶ月で終止符を打つとは考えもしなかったが。

珠莉がいない寂しさを別の相手との結婚で埋めた罪悪感。それによって彼女を傷付けてしまったことは、後悔しかない。

しかし、六年という短くはない回り道をしても、今この時に珠莉といられることを幸せに思う。

二人で並んでソファーに座り、隣にいる珠莉の手を取ると珠莉が微笑む。

「どうしたの、玲？」

「いや、ただ、幸せだと思って」

心からそう思った。ずっと好きだった人が、当たり前に隣にいることに、幸せを感じる。

「珠莉、君のお母様の四十九日が終わったら、結婚しないか？」

すんなりと結婚という言葉が出てきて驚いた。この前まで既婚者だったのに、こんなに早くに決めていいのかという葛藤がないわけではない。

けれど、そんなことはどうでもいいと思うくらい、珠莉と結婚したいと思った。

「玲がこんなに早く結婚しようって言うとは思わなかった」

驚いた顔をしている珠莉は、ほんの少しだけ唇に笑みを浮かべた。

「……でも、そんな風に……ううん、結婚しようって言ってくれて、嬉しい。私も玲と結婚したい」

微笑んだ珠莉の顔は幸せそうに見えた。

本当はずっと、珠莉といたいと思っていた。離れて暮らすより傍にいてほしいと思っている。

玲は少し間違ったが、それでも、珠莉以上に好きになれる人とはもう出会えない。

「ありがとう。私と結婚したいって思ってくれて」

「それは俺の台詞《せりふ》……バツイチだけど、結婚したいと言ってくれて、ありがとう」

玲が言うと、珠莉は可愛く笑った。

笑うと口角が上がって、白い頬が丸くなるのが、玲は好きなのだ。

「ここは会社の借り上げだから、君と住むとしたら申請がいるな」

玲が言うと、珠莉は目を瞬《また》かせ、少し驚いた顔をしたがすぐに笑みを浮かべる。

「ああ、そっか……そうよね」

笑みを浮かべたまま、珠莉は顔を赤くした。

「なんだか、一緒に住むって聞いたら、急に結婚が現実的になった気がして……私、結婚するんだな、って実感したというか」

赤い顔を伏せる珠莉は、やはり玲の心を唯一騒がせる。

彼女の仕草の全てが、玲のツボをつくと言っていいほどだ。

「結婚式はどうしようか」

玲が聞くと、彼女は嬉しそうな顔をする。

「写真だけでもいいよ……私は両親がいないし」

式を挙げるとなると、彼女の親族は呼べないが、親しい人だけの内輪の式だったらいいのではないかと思った。

「親しい知人だけ招待する式でもいいんじゃないかな」

玲の提案に珠莉が嬉しそうな顔をしたあと、少し表情を曇らせる。

「きっと……美優紀は来てくれないよね……」

寂しそうな表情をした珠莉の手を、玲は両手で包んだ。

「……そうだね……全部、俺が悪かったと思ってる」

「ううん……美優紀のことは、すぐには無理だけど……でもいつか、また道が交わることもあるかもしれないから」

その言葉を聞き、強くなったなと思った。

離れていた六年、彼女もそれだけ大人になっているということだろう。

また道が交わることも——珠莉のその言葉に、玲もなんだか救われた気がした。

玲をまっすぐに見た彼女は、さらに言う。

「会社の人との飲み会に誘ってくれて嬉しかった。玲はいつも、私に、新たな扉を開いてくれるね」

微笑んだ珠莉が、玲の手を握り返した。

「楽しみにしてる、飲み会。それと、結婚も」

珠莉の前向きな言葉にとてもホッとしたし、そんな彼女を好きになってよかったと、心から思う。

「君と会えてよかった、珠莉」

「私も」

互いの手を握り合い、玲は珠莉に触れるだけのキスをした。

「愛してる、珠莉」

「私も、愛してる」

この人とこれからを生きていく、そう思うだけで幸せな未来が思い描けた。

愛する人が、これからもずっと隣で笑っていてくれるように。そして、何があってもずっと心が繋がっているように、努力する。

そう、心から思うのだった。

番外編　最初の恋

1

――二十二歳で初めて彼氏ができた。相手は、二十九歳の大人だった。

大学を卒業した珠莉は、二十二歳。早生まれなので、一年得してると言われる。明倫社という出版社に就職して三ヶ月。大学で学んだことを生かし、本が出る前に原稿の内容をチェックする校閲部門に配属された。

もともと本を読むのが好きだったし、校閲、校正については大学で学んできたが、実際に仕事としてやるそれは、大学で学んだものとは違った面もあった。

大学時代は練習だったが、仕事として向き合う文章は本番だ。

今のところ先輩から明らかなダメ出しをされたわけではないし、厳しく注意されるわけでもない。けれど、根が真面目な珠莉は、些細な表現の一つにまで指摘をしてしまったりしていた。

就職して数ヶ月だからまだまだ、と大目に見てもらえているところがあっても、仕事は苦しかった。

そんな時、気晴らしに行こうと、珠莉を遊びに誘ってくれたのは大学からの親友、美優紀だった。

「お父さんから車を借りたの。ちょっとだけ遠出しよう」

しかし遠出と言っても、美優紀は免許取り立てで、珠莉は無免許ということもあり、とりあえず海と決めて予定を立てた。

夏の初め、まだ数回しかもらったことのないお給料で奮発《ふんぱつ》して買った、夏らしい柄のブルー系のワンピースと、つばが広い黒い帽子をかぶって出かけた。足元は、スポーツ系のサンダルだ。

「珠莉のワンピ可愛いね。色白だから青が似合う」

「ありがと。そう言う美優紀は、なんでも似合って羨《うらや》ましい」

美優紀は白のワイドパンツと黒のノースリーブのトップスだった。耳にはシンプルなパールのピアス、足元は珠莉と同じくスポーツサンダルを履いているが、彼女のは細い紐《ひも》を複雑に編み込んだようなデザインの、オシャレなものだった。

「私は珠莉の清楚《せいそ》な感じが好きよ。私だと、なんでも派手になっちゃうから」

あはは、と笑った彼女は誰もが美人と言うほど、はっきりとした顔立ちをしている。

アイシャドウが薄くても、すごく綺麗に化粧をしているように見えるから、とても羨《うらや》ましい。対する珠莉は、割と目が大きいと言われるが、ただ丸みを帯びているだけで、化粧をしても子供っぽい感じになってしまう。

そもそも化粧が下手なので、ファンデーションとハイライト、薄いチークを入れるくらいしかできないのだが。

「そうかな……」

「そうだよ。珠莉はブルベ肌だし、今日のワンピもすごく似合ってる」

珠莉は自分のワンピースに視線を落とす。

夏らしい色柄に一目惚れして購入した物だ。どこか出かける時に着て行こうと思って、取っておいて正解だった。

「ステキだよ。今日、海で声をかけられたりするんじゃない？」

それは美優紀の方だろう、と思いながら笑って首を振る。

「まさか！　そんなことないよ」

「会社で気になる人とかいない？」

「いないし、みんな結構年上で……静かな職場なんだ」

珠莉がそう言って笑うと、そっか、と美優紀も笑った。

珠莉はこれまで二十二年間、彼氏がいたことはないが、美優紀は違う。自分が知っているだけでも、素敵な彼氏が大学在学中に二人いた。就職活動中に別れてしまったようだが、彼女はいつもモテていた。

よく告白もされていたけれど、美優紀は自分の時間を大切にしたいと言って、就職先が決まってからは一年近く彼氏がいない。

「なんかね、毎日忙しいし、潤《うるお》いがないから、たまに彼氏欲しいって思うこともある。でも、まだ新人だから仕事覚えたいし？　先輩たちの合コンには行きたくなくて……誘われるんだけど、なんか違うんだよね。ガツガツしてる感じがするし、先輩だから気を遣うんだよね……」

はぁ、とため息をついた美優紀は、それで、と言葉を続ける。

「それとなく避けてたら、ちょっと風当たり強くなった。どういうことだろうね、ホント」

運転しながらため息をつく彼女を見て、珠莉は苦笑した。

珠莉の部署など既婚者しかいない上に、人数も少ない。もちろんそんな話をすることもなく、一日中シーンとしていることもある。

そもそも、珠莉は美優紀のように合コンに誘われること自体が皆無だ。飲み会もなく、みんな時間になるとサーッと帰っていってしまう。もともと飲み会は得意じゃないから逆にありがたいし、今のところ美優紀のような悩みは全くない。

しかし、この年で好きな人の一人もおらず、彼氏もいたことがないというのは、さすがにちょっと悩んでしまう。

恋愛をしなくても生きてはいけるし、無理する必要はないと思っているが、大学時代の友人たちは多かれ少なかれみんな彼氏がいた。

『珠莉って、処女っていうか喪女でしょ？』

そう言って笑っていた彼女たちの言葉が、時に頭をよぎる。

そのたびに、別に私は、と言い訳のように思う。でも今、あの時と同じ気持ちが心に浮かんだ。

「就職したばっかだし、彼氏なんてすぐに作らなくてもいいと思わない？　珠莉」

「そうだね」

即答し、珠莉は笑みを浮かべた。でもきっと、こんなに美人なのだから、美優紀がその気になったら彼氏はすぐにできるだろう。珠莉とは違って。

でも私は私だ、と、すぐに気を取り直す。

車窓から外を見ると、もう海はすぐそこだった。

☆

イートインができるベーカリーで昼食を食べたあと、早速海を見に行った。

真夏の昼下がり。浜辺にはサーフィンをしている人、水着を着て海で遊ぶ人、砂浜を歩く人など様々だが、思ったほど混んではいなかった。

「水着持ってくればよかったかなー……」

砂浜に下りるコンクリートの階段に座って海を眺めていたら、美優紀がそう呟く。それを聞いた珠莉は、過去を思い出して苦笑した。

美人な上にスタイルもいい美優紀は、大学時代海に行った時、ビキニでモテモテだった。

その時の珠莉の水着はといえば、レギンスと短パンとブラの上に、ラッシュガードを着ていた。

というのも珠莉の肌は日に焼けると、赤くなって火傷《やけど》状態になってしまうからだった。

なので今日も、ワンピースに日焼け止めのカーディガンを羽織っている。

「せっかく海に来たのに泳げないなんて、しくじったかも。水着のレンタルあるかな？」

「でも私は日焼けできないし、美優紀が遊んでる時、見学しかできないよ？」

珠莉は日焼けできないので、海やプールでは遊べないのだ。

「ああ……そうだった……じゃあ、いろいろ話さない？」

美優紀が気を取り直したようにそう言ったので頷いた。

「さっきも聞いたけど、本当に会社にいい人いないの？」

美優紀は珠莉に彼氏がいたことがないのが気になるのかもしれない。しかし、これという人は今まで現れなかったし、もちろん現れたらきちんと恋愛をしてみたいとは思っている。

珠莉のいる部署には既婚者しかいないが、もちろん明倫社には校閲部の他にも部署がある。文芸だけでなく、ファッション誌だってあるから、そういうところには素敵な人は多い。

しかし、新人の珠莉は社内で交友関係を広げる余裕もなく、今のところ校閲部にこもりきりだ。

「いないことはないけど、出会いはないかな」

「余計なお世話かもしれないけど、珠莉って男の人に興味ないの？」

美優紀は珠莉に大学の四年間彼氏がいなかったのを知っている。たぶん、誰かと付き合ったことも、そういう経験をしたことがないのもわかっているだろう。

「そんなことないけど、今はそこまで興味が持てない……だけで」

「珠莉は可愛いんだけどな……色白だし、目もクルンとしてるし」

「ありがとう」

ふふ、と笑って言うと、美優紀が瞬《まばた》きをしてじっと珠莉を見た。

「ねえ、思い切ってコンタクトにしてみない？　眼鏡も似合ってるけど、印象変わると思う」

黒縁眼鏡は珠莉のトレードマークであり、コンタクトは合わないので使ってなかった。

しかし、眼鏡が珠莉を地味に見せているのは間違いないだろう。けれど、合わないコンタクトにしてまで男の人にモテようとは思っていないし、したところで非モテに変わりない。

その時、美優紀が何かに気付いたように前方を見た。

「あれ、なんかこっちに男の人が来そう」

ちょっとムッとした顔をした美優紀は、次に大きく息を吐いた。

「でも……まぁ、イケメンかな？」

まっすぐ美優紀に向かってくる男性は、本当にカッコイイ人だった。たぶんさっきまで海にいたのだろう。髪の毛が湿っているし、サーフボードを手にしていた。

その後ろにも、同じようにサーフボードを手にした背の高い男性がいて、きっと一緒にサーフィンをしていた人だろうと思った。

「二人で遊びに来たんですか？」

美優紀に声をかけたイケメンは、まっすぐに美優紀を見てニコニコ笑っている。

当の美優紀はというと、苦笑しているがまんざらでもない様子に見えた。美優紀は今フリーだし、彼女の好きそうな顔立ちのイケメンだった。

芸能人の誰かに似ているな、と珠莉は二人のやり取りを見ていた。

しかし、なんとなく視線を感じてもう一人の彼を見ると、目が合った。

珠莉は眼鏡を押し上げ、一瞬、時が止まったように感じる。

「ぁ……」

隣の美優紀にも聞こえないくらいの小さな声。思わず小さく声が出てしまった理由は、その彼が信じられないほど端整な顔立ちをした人だったからだ。目元がはっきりしていて、瞳自体も大きい。芸能人と間違えそうなほど洗練された雰囲気をしている。

美優紀に声をかけた彼も素敵だが、それ以上に、目が合った彼は素敵だった。

彼は珠莉を見て瞬《まばた》きをすると、一度サーフボードを置いて、ショルダーバッグから眼鏡を取り出した。自分と同じで視力が悪いのだな、と思った。

彼の眼鏡は丸みを帯びたオシャレな眼鏡で、珠莉のどこにでもあるような四角のそれとは違って見えた。

見ているだけでものすごく、ドキドキする。ほんの少しも目が離せないほど、珠莉は彼を見つめていたかった。

こんな風に思うのは生まれて初めてだが、きっと彼を見たら誰もがそうなるのではないかと思った。

眼鏡をかけた彼が階段を上がり、こちらに近づいてくるのを見て、珠莉は顔を伏せた。

一瞬だけ見た彼は背が高いだけではなく、スタイルも良さそうだった。

「イケメン……」

近くまで来た眼鏡の彼を見て、美優紀の視線が釘付けになる。

そりゃそうだよね、とちょっと顔を熱くしながら美優紀の様子を見た。すぐそこにいるだけで、男の人に興味を持ったことのない珠莉が、素敵だと思うのだから。

「三歩下がって見てろって言ったのに……」

最初に美優紀に声をかけたイケメンは、不満そうな顔で大きなため息をついた。

「ごめん」

声も、低くていい声をしていた。顔立ちもそうだが、服もシンプルながら洗練された雰囲気。ただの黒いTシャツと同色のアンクル丈のパンツだが、仕立てが良さそうだった。

仕事柄、無意識に彼を表現する。

『どんな女性も射止められるような、端整な姿形をした魅力的な男性』

もっとこう、的確に彼を表現する言葉はないのかと思うほど、男に免疫のない珠莉の心すら捉《とら》えている。

「ごめんじゃないよ……もういいや……よかったら、LINE交換しない？」

イケメンの彼が声を出したので、ハッとして帽子に触れた。

ちらりと美優紀を見れば、やはりチラチラと眼鏡の彼を見ている。遠目でもわかるはっきりとした目元は、眼鏡を通しても同じだった。

美優紀と並んだら美男美女で注目を浴びるだろうな、と容易に想像できる。

美優紀は言われるままにイケメンとLINEを交換していた。普段の彼女だったら、眼鏡の彼に遠慮なく「LINE教えて」、くらい言っているはずなのに、今日は何も反応がなかった。

さらにおかしなことに、珠莉は背の高い素敵な眼鏡の彼からジッと見られているような気がして顔を上げる。すぐに目が合ったので、やはり見られていたようだ。

「視力、悪いんですか？」

眼鏡をかけている彼に、月並みな、当たり前の質問をした。

だけど、それだけで珠莉の心臓は、結構バクバクだった。

「海で遊んでたから、コンタクトを外してて。酷い近眼というわけじゃないんだけど、裸眼だったら結構近寄らないと人の顔が見えなくて」

そう言って、彼が微笑む。

その表情がまた、とても素敵だった。笑顔を向けられただけで、なんだか特別なことのように思う。そう感じる人なんてそうそういない。

眼鏡を押し上げる仕草さえ、カッコよく見える。

「私も同じです。そこまで悪くないけど、近眼で。コンタクトは合わないからいつも眼鏡なんです」

コンタクトをあまりつけない理由は、合わないからだ。しかし、眼鏡をして今の仕事をしているとなんだか余計に目が疲れる気がする。

「そうなんですね」

短く応《こた》えた彼に、そうだよね、とどこかで納得する。

珠莉は自分の身の程を知っているし、わきまえてる。

だから、それ以上は眼鏡の彼とは話さなかった。

「今度連絡するから」

そう言って美優紀とＬＩＮＥの交換を終えたイケメンは、眼鏡の彼と二人でしつこく絡むことなく帰っていった。

「珠莉……さっきの人、すごいカッコよかったね……」

「ああ、うん」

「私も話したかったぁ……いいなぁ、珠莉」

珠莉は苦笑して、そうかな、と言った。

どちらにせよ、珠莉は非モテなので、きっとさっきの素敵な彼も美優紀目当てだろうな、と思った。イケメンの彼には申し訳ないが、きっと美優紀は眼鏡の彼と恋に落ちるだろう。

そう思って、珠莉は眼鏡を押し上げた。

この時、素敵な眼鏡の彼が珠莉に心を撃ち抜かれているなんて、全く思いもしなかった。

2

それから二週間後。珠莉は美優紀と一緒に、海で声をかけてきたイケメン二人と向かい合って座っていた。

珠莉も一緒に来て、と言われて美優紀と共に、彼らが予約した店にいる。

二人はかっちりしたスーツ姿だった。二人共三つ揃いのスーツで、なんとなくいい職業に就いていそうな雰囲気を醸《かも》し出している。

「ごめんね、お店、こっちで適当に決めちゃって」

イケメンの名前は新川正広と言った。彼は銀行員で、誰もが知る都市銀行に勤務していた。美優紀は早速、名刺をくださいと言って、二人から名刺をもらっている。

差し出された名刺を珠莉は結構です、と断った。企業に勤めている美優紀なら、もしかしたら役立つかもしれないが、出版会社の校閲部門に勤める珠莉には必要ないと思った。

なので名刺はチラ見だけさせてもらっている。

きっと新川が決めたのだろう店は、洋風の居酒屋だが、全てボックス席でオープンな個室っぽい造りになっていた。内装も明るすぎず、暗すぎずで、とてもオシャレな雰囲気だ。

美優紀が好きそうな店なので、もしかしたらLINEのやり取りで決めたのかもしれない。

「えー、金融の総合職なんて、すごい……私も一応企業に就職したけど、総合職頑張ればよかったなぁって思ってて。あ、就職したばかりで、こんなこと言うのもなんですけど……」

そう言いながら、美優紀は端整な容姿の彼の名刺をじっと見ていた。

今日は眼鏡ではなくコンタクトの彼は、野上玲というらしい。名前の響きからしてカッコイイな、と珠莉は横から名刺をチラ見しながら思った。

「……野上さんって、係長なんですか？」

美優紀は役職を見て、びっくりした顔をしている。しっかり見ているな、と思いながら珠莉は、運ばれてきたカシスオレンジを飲む。

美優紀と珠莉は新卒だが、彼らもまだとても若そうに見える。

そんなことを考えながら、前の席に座る二人を交互に見ると、野上玲と目が合った。すると彼は、珠莉に向かってにこりと笑う。

男の人に興味を持ったことがない珠莉が見ても、あまりに素敵すぎてドキドキした。これほど素敵な人だったら、付き合ってみたいと思うのだが、彼と自分がそんなことにならないのはわかっている。

「野上は高校も大学も俺と同じだけど、もとから出来が違うんだよな……社会に出たらさらにできる男になって、あっという間に出世して……俺はまだ一般行員でごめんね」

ギュッと目を閉じて玲にそう言う新川に、珠莉は二人がとても親しい間柄なんだと思った。

「一般行員って！　新川さんだって、メガバンク勤務じゃないですか！」

そう言った美優紀に、新川は頷きつつも、ため息をついた。

「でもさ、野上もメガバンクの瑞星銀行系列の、瑞星証券だよ……スタートは一緒だったのになぁ……拗《す》ねるぜ」

「俺はたまたまチャンスがあっただけだ。正広だって、もうすぐ主任になるだろ？」

「え！　そうなんですか!?　おめでとうございます！　すごい……」

珠莉は三人のやり取りを黙って見ているだけだった。会話に入るスキが見当たらない。とりあえず、目だけキョロキョロ動かして相槌《あいづち》を打っている状態だ。

美優紀は割と大きな企業に入ったから、きっと目の前にいる二人の男性のすごさがわかるのかもしれない。さすがに珠莉も、全くわからないわけではないけれど、本当の意味でどれくらいすごいのかはピンときていなかった。

業種や仕事内容について調べたら、今後何かの役に立つかもしれない。

「要検索だ……年齢と照らし合わせて」

他に聞こえないような小さな声でボソッと呟くと、珠莉の前に座っている、玲が口を開いた。

「俺ら二十九歳だよ。新卒の君たちからしたら、結構年上だよね」

「えっ」

聞こえちゃったんだ、と、気まずさに口をつぐむ。

珠莉はすぐに笑みを浮かべて、小さく頭を下げた。

「すみません、不躾《ぶしつけ》でした」

「不躾《ぶしつけ》でもなんでもない。こっちは君らの年齢を知ってるのに言ってなかったんだから」

そう言って笑う顔が、やっぱり素敵だ。

言葉を扱う仕事をしているのに、表現が貧困で上手く表せない。

「珠莉は今年の三月に二十二歳になったんですよ。私は六月生まれの二十三です」

「若いなぁ、二人共……でも、俺は美優紀ちゃんに一目惚れだったし……付き合いたいんだよね」

直球だな、と珠莉は驚いて新川を見る。

出世がどうとか、どうでもいい気がした。こんな風に、きちんと自分の気持ちを言えるなんて、すごい魅力的な人だと珠莉は思う。

「そんな……まだ会ったばかりだしデートもしてないし……野上さんは？　彼女いるんですか？」

やっぱり美優紀は、この人の方が気になってるみたいだった。

「玲」というこの名前は、彼にとても似合っていると、珠莉は漢字の意味を思い浮かべた。清らかで澄んだ様子。透き通るように美しい、玉のように美しいさま。玉のぶつかる美しい音。そうした意味合いから、容姿が美しい人、美しく育ってほしい、輝く人生を歩いてほしい、などの意味でこの名を付ける人もいるだろう。

「正広も俺も今はいないよ。ここまで正広が好意を持つ人を見るのは初めてなんだ。君みたいな美人だと競争率が高そうだけど、前向きに正広のこと考えてくれないかな？」

野上がそう言って新川のことを推した。本当にそう思っているように、彼の方を見ながら言うのが好印象だ。

「俺が正広とずっと友達でいるのは、とにかくいいヤツだからだ。優しくて、思いやりがあって、素直。上げたらきりがないほど、いいところがいっぱいあるヤツだよ」

彼の言葉を聞き、そうか、と珠莉は納得してしまった。

名は体《たい》を表す。正広、広くて正直、という意味だろう。

「もうそんな、突然言われても……あ、じゃあ、また四人で会いません？　ここのご飯美味しいし」

美優紀はきっと、野上の方がいいんだろうな、と伝わってくる。

新川は笑っていたが、その顔はなんとなくがっかりしたような雰囲気があった。

「俺は遠慮しとくよ」

珠莉は居たたまれなくて目を泳がせた。

この素敵すぎる端整な容姿をした男、野上玲は、美人な美優紀の提案に対し、はっきりと遠慮しとくと言った。

彼も直球だな、と思いながら、チーズの載っている何かしらの料理を口に入れ、カシスオレンジを飲んだ。

「じゅり、さんだっけ?」

口に入れた食べ物をモグモグしていると、名前を呼ばれて野上を見る。

「あ、はい……古川、珠莉です」

「LINE教えてくれないかな」

「………」

珠莉はモグモグしていた口を止め、瞬《まばた》きをした。とりあえず口の中の物を呑み込んで、ちらりと横の美優紀を見る。

彼女は驚いた顔をしていたが、すぐに気を取り直したように、珠莉に笑みを向けた。

「じゃあ、グループLINE作る?」

美優紀の言葉に、そうだね、と珠莉が言う前に野上玲が言った。

「いや、俺は、じゅりさんのLINEが聞きたいだけだから」

にこりと笑った彼はスマホをスーツのポケットから取り出し、今度は珠莉に向かって微笑んだ。

「この間、君の連絡先を聞き損ねて後悔してたんだ。正広には感謝しないと。ありがとう、正広」

当の新川は、うん、と言っただけだった。

美優紀は何も言わずにワインの入ったグラスに口を付ける。

「じゅりさん、教えてもらえる？」

「…………あ、はい」

物腰は柔らかいのに、圧が強い。内心押されながら珠莉はスマホを取り出し、友達追加のコードを表示した。彼はそれをスマホで読み取り、すぐに友達追加する。

野上はスマホを操作し、珠莉にメッセージを送ってきた。

『ありがとう。実は俺も君に一目惚れしたんだ』

「古川珠莉……名前の漢字、綺麗だね」

微笑む彼は、今日一番の極上の笑みを浮かべている。

珠莉が見ても、とにかく男性らしい色気のある美しい男だった。

「野上はさ、最近も街歩いててスカウトされたんだよな。同い年なのに俺より若く見えるし、イイ男すぎるんだよ」

そう、新川が笑って話す。

美優紀も微笑んでいて、珠莉もまた笑った。

でも、送られたメッセージの内容はあまり笑えなくて、考えさせられる。

珠莉と玲の縁は、ここから始まったのだった。

☆

高校時代からの親友、新川正広が、美人でスタイルのいい古賀《こが》美優紀という女性に一目惚れをした。その女性は、たぶん誰もが認める綺麗で若い女性だったが、玲自身は彼女の友達の古川珠莉に一目惚れをした。

『野上は美人と付き合いすぎて、違うタイプに行ったんだろ?』

正広からそう言われた時、何言ってるんだコイツ、と腹が立ち、そのあとから徹底的に無視してやったら謝ってきた。

謝られて当然のことだった。玲がこれまで付き合った女性は、確かに美人だったかもしれないが、そんなことを意識して付き合ったわけではない。

玲の中に彼女たちをリスペクトするところがあったからだ。

ただ今回は、リスペクトも何もない。まるで運命の人に出会ったような、そんな感じだった。

まだ相手のことなど何も知らない。今まで経験したことがない一目惚れに、ただ早く答えを出したいと思っていた。

『お前、珠莉ちゃんにグイグイ行ってたな』

食事会のあと、正広が送ってきたメッセージに返事をした。

「そっちこそ、一目惚れって直接言ってたくせに……と」

玲が送信すると、照れる、というスタンプが返ってきて、それに返事はしなかった。

当の古川珠莉はといえば、早々にデートの誘いを断られた。用事があるということらしい。

「なんでだ？」

先日の食事会で、改めて間近で見た珠莉は、やはり美しい肌をしていた。抜けるような白い肌、というのは珠莉のような人のことを言うのだろう。

目の下と小鼻にほんのりと浮かぶそばかすを、海で見た時よりも間近で見ることができた。

ほっそりとした綺麗な首、女性らしい爪の形。

「確かに、男なら美優紀って子に目が行くだろうな。コミュ力も高そうだし、誰もがそっちに声をかけそうだけど」

しかし玲は、実際に会って話して、美優紀はない、と思った。

美優紀に会社や役職について聞かれたのは、いつものことなのでどうでもよかった。名刺をください、と言われたのも、正広や玲にとってはいつものことなので渡した。彼女の名刺に書かれていた企業名を思えば、まぁ普通のことだと思った。

ただ、珠莉には名刺を断られた。しかし、『要検索だ……年齢と照らし合わせて』と、年齢に疑問を持ったようだったので、二十九歳だと答えたが、どうも違ったようだった。だから連絡先を交換したあと、職業を聞いた。

『明倫社という出版会社の、校閲部門で働いています』

えっと、と言いながらバッグから小さなカード入れを取り出し、玲に名刺をくれたのだ。

年齢と照らし合わせと言ったのは、職業と役職の年齢についてだとピンときた。

「調べたら、俺の出世が割と早い方だって思うだろうな」

確かに出世は早い方だが、チャンスがあった、ただそれだけだ。そのチャンスも、長年公認会計士事務所をしている実家と縁のある地元の名士が、玲を取りたて融資を任せてくれたから。もちろん、実家の縁で来た仕事にミスは許されない。だからこそ、細心の注意を払い、寝る間も惜しんで努力した結果でもある。この融資をきっかけに、別の客との縁が繋がったのだ。

「…………まずは、話すか」

美優紀は確かに美人だ。

でも、珠莉はたおやかで、そこはかとなく美しい。そんな彼女が、玲には眩《まぶ》しく映った。

別日を指定しながら、珠莉の予定に合わせると言って、ランチに誘った。

返事はどう来るのか、と思いながら玲は彼女の返事を待つのだった。

3

十五分前に待ち合わせ場所に着いた時、珠莉は大きく深呼吸をした。

連絡先を交換したあと、野上玲から何度もデートに誘われていたが、そのたびに理由をつけて断っていた。彼の誘いを三度断ったタイミングで、美優紀から電話が来た。

『ねぇ珠莉、野上さんの誘いを、もう何度も断ってるんだって？』

まさか美優紀からこんなことを言われると思わず、珠莉は焦って違うと言ってしまった。そうしたら、はぁ？　とちょっと不機嫌そうな声が返ってきた。

『三回は断ってるって、新川さんから聞いたんだけど？』

美優紀は野上の方を気に入っていたみたいだったから、新川とは付き合わないだろうと思っていた。しかし、一ヶ月ぶりに聞いた彼女の近況は、新川と付き合ってはいないがデートをしているらしい。

そもそも珠莉は、野上から連絡先を聞かれたのは、社交辞令みたいなものだと思っていた。確かに聞かれた時はちょっと嬉しく思ったし、メッセージには混乱したが、まさかあんな素敵な人が自分をなんて、と思っていたのだ。

誘いを断ったのは、仕事が忙しかったというのもあるが、男の人と二人きりで会ったことがなく、ちょっと引いていたのだ。それに、軽い気持ちの遊びとかだったら嫌だな、と思ったのも事実。

そうした気持ちを正直に話すと、美優紀から、誰にだって初めてはある、と言われた。そこで珠莉は、野上の四度目の誘いを断らなかった。

ランチの誘いだったので、そんなに気負わないでいいと思ったからだが、一応服は新調した。

この前の夏らしいブルーのワンピースはお気に入りだが、初めて会った時に着ていたので、今回はネイビーのマキシ丈のワンピースに曇った空色のようなカーディガンを合わせた。

いつものスポーツサンダルではどうかと思ったが、まだまだ新人の珠莉なので、お財布事情により靴は新調せずスポーツサンダルにした。


「早く着きすぎた……暑いな……」

日陰で待っているが、夏の暑さは苦手だ。

右手には日傘、左手には夏らしいかごバッグを持ち、自分なりに精一杯のオシャレをしている。髪の毛も少しばかりアレンジして、纏《まと》めてきた。

「珠莉さん」

ため息をついたタイミングで後ろから声をかけられたので、慌てて振り返る。

「あ……こんにちは」

「こんにちは」

メイクは頑張っていないが、大丈夫だろうか、と少し緊張しながら軽く頭を下げた。

「店を予約してるから、行こうか。駅直結のホテルビュッフェ。好きなんでしょ？　ビュッフェ。正広から聞いたんだけど、間違ってない？」

きっと美優紀が新川に話したのだろう。珠莉は頷いて笑みを浮かべた。

「好きです……でも、このホテルのビュッフェって……リーズナブルではなさ……」

お金のこと言っちゃった、と珠莉が目を泳がせると、彼は笑った。

「リーズナブルではないけど、そんなに高いわけでもない。ようやく会ってくれたし、今日は御馳走させてほしい」

「や……それは……」

すごく申し訳ない気がした。昨今のデートは割り勘が多いのでは、と思う。しかし、割り勘だと怒る女の子もいるという話も聞く。

「いつもこういうところでランチを食べてるわけじゃない。できれば、ゆっくり話したいと思って」

馴れていない珠莉は、ただ頷くしかなかった。

それに、この端整な顔をした野上の言うことを、断る気にはなれない。

たぶんこれから先の珠莉の人生において、こんな人と一緒に時間を過ごすことなんて、ないかもしれないと思うからだ。

そもそも、一目惚れをしたと言う言葉自体、珠莉をからかっているのかもしれない。世の中には、そういう遊びをしている人だっているのだから、と珠莉は自分に言い聞かせた。

だけど、見上げる高さに顔がある野上玲という人は、決して遊んでいるようには見えない。

新川もまた、嘘をつく人に見えなかったし、彼もそういう類《たぐい》の人ではなさそうだ。

「じゃあ、行こうか」

「はい」

促《うなが》されるまま、とりあえず彼の隣を歩く。

しばらくするとなんとなく視線を感じて、周囲が彼を見ていることに気付いた。

「うわーカッコイイ、なにあれ。芸能人」

「えー、美形」

自分にだけ聞こえているのか、聞こえていて無視しているのか、野上玲という人は周囲の声を意に介さず歩いていく。

「歩くの速いかな？」

「え？　ああ、いえ、大丈夫です」

背の高い彼は歩く幅も大きい。けれどついていけないほどではなかった。

「もう少しゆっくり歩くよ」

しかし彼は、そう言って珠莉の歩調に合わせてくれた。顔だけじゃなくて性格もいい人だな、と思ってもう一度彼を見上げる。視線に気付いた玲は、珠莉を見て微笑んだ。

その優しく微笑む顔に、珠莉の心が撃ち抜かれる。と同時に、勘違いしてはダメだと思う気持ちが強くなった。

目的のホテルのビュッフェに着くと、予約していたからスムーズに席に案内された。

さすがにホテルビュッフェだけあって、どの料理も美味しそうだし、設備も洗練されて美しかった。

ランチに来ている人たちもなんだかオシャレで、素敵なマダムもいた。

「すごくいいですね……いつも行ってるビュッフェとは違う」

この前まで学生だったし、ビュッフェは基本的にリーズナブルな店しか行ったことがなかった。だから、この場所が、なんだかとても大人な気がした。

一度席に座った珠莉はしばらく立てずに感動しながら周りを見ていたのだが、ハッと気付いて彼を見る。

ビュッフェなのだから、さっさと料理を取ってくるべきだったと反省した。

「あ、すみません……こういうところに初めて来たので、感動してしまって……私、この前まで学生だったし、今の部署の人たちは、みんな定時でサーっと帰っていって、ご飯に誘われることもなくてですね。ホテルビュッフェは素敵でオシャレだな、って思ってしまって……」

美優紀の話を聞くと、オシャレなランチに行く時もあれば、残業の時は帰りにご飯を食べていこうかと誘われると言っていた。

けれど、珠莉の部署は全くそういうことがない。

「これから経験することがたくさんあって、いいんじゃないかな。ひとしきり見たみたいだし、料理を取りに行こうか」

「……はい」

彼は珠莉が行動するまで待っていてくれたのかもしれない。物珍しそうにずっと周りを見ていた珠莉を玲はどう思っただろうかと、恥ずかしくなる。

彼が席を立つのを見て、珠莉も立ち上がって料理を取りに行った。

珠莉が行ったことのあるビュッフェにはないようなステーキを、目の前で焼いてくれる。それに、オムレツもその場で作ってくれて、美味しそうだ。

思わずあれこれ取ってしまって、すぐにお皿がいっぱいになる。

そこで我に返り、これは一応デートだったと一度席に戻った。

彼はすでに戻っていて、珠莉は料理のお皿とドリンクを手に席に座った。

「そのラザニア美味しそうだね」

「そうなんです、大好きで、ラザニア」

「あとで俺も取りに行こうかな」

そう言って食べ始めた彼の、箸遣《はし》いが綺麗だった。

なんでもきちんとできる人なのかもしれない、と珠莉は感心してしまった。

「珠莉さんはさ、俺が一目惚れをしたって話、嘘だと思ってない？」

ラザニアを頬張ったところでそう言われ、彼は笑って左の口元を指さした。

それを見て右の口元に触れたが、玲は可笑《おか》しそうに笑い、指先で珠莉の口元を拭ってくれた。

「あ……」

こんなことをされたことがない上に、彼はその指先を自分の唇へ運んで舐《な》めた。

「このソース美味しいね。俺も取ってくれればよかったな」

珠莉はぎこちなく口を動かし、ラザニアを呑み込んだ。

まるで恋人同士のようなことをされて、心臓が高鳴ってしまう。どうにか平静を取り戻して、珠莉は今の気持ちを言った。

「……私、野上さんみたいな人に好かれる要素なんて、ないと思いますが……美優紀みたいに美人でもないし、まだ社会人になったばかりで……仕事も、まだたくさん注意されるし、本当に新人ちゃん、って感じで要領も悪いし」

新人ちゃんが、と珠莉に言う先輩が一人いる。

責任者の陶山は、そんな風に呼ばないで名前で呼ぶように、と言ってくれるが、彼女は仕事ができるしあまり強く言えない様子だ。

でも、彼女の指摘はもっともなことばかりで、珠莉は努力するしかない。

「新人ちゃんって呼ばれてるの？」

クスッと笑った彼の言葉に、全く傷付かないわけじゃないが、本当のことなので小さく頷いた。

「好きでやってる仕事？」

「そうです。もともと、校閲部門に入りたくて、大学で勉強してました。でも、まだ……先輩のチェックが多くて、そうなると先輩は自分の仕事と、私の仕事のチェックで大変になるので……もうちょっと上手くやれたら、って思ってます」

彼はパスタを口に運んで、微笑んだ。

「新人が上手くやれないことをカバーするのは、先輩の仕事。それは、しょうがないことだし、いいんだよ、カバーさせて。けど、君は先輩の仕事を見たことある？　珠莉さんのところは、原稿かな？」

先輩の仕事をきちんと原稿の上で見たことはある。これを参考にやってみて、と言われた。

「はい、もちろんです」

「どんなことをしているか、もう一度意識して見てみたら？　専門外だからよくわからないけど、俺は新人の頃、先輩の資料を読み返したり、どこに着目しているか過去の仕事を見返したりしていたけど」

手元のグラスにあるお茶を飲んだ彼は、口元をナプキンで拭って、にこりと笑った。

珠莉は彼から言われた言葉を反芻《はんすう》し、ああそうか、と思った。

「そう、ですよね」

「うん。意外とそこに答えがあったりするし、結構先輩の性格が出てたりして、フーンって思ってたりしたな」

彼は二十九歳。社会人の七歳先輩は、すごいな。

珠莉はそう思いながら笑った。

「ありがとうございます」

「いいえ。お礼を言われるほどのことはしてない」

大人だな、と珠莉は玲を見ながら感じた。受け答えに余裕があって、珠莉の年代とは全く違う。

美優紀と話している時ともまた違って、なんだか落ち着く。

「俺は君に一目惚れをしてしまったけど……さっきの君の言葉で言うなら、まぁ、一緒に肩を並べて、とか……尊敬？　そういうのは君に感じないから、好きな要素ではないね」

はっきり言うなぁ、と珠莉は小さく笑ってみせた。

七歳年上だし、さっきみたいな助言をくれるくらいなのだから、珠莉に尊敬するような要素などないだろう。

「でも、俺は君を好きになった。恋人になってほしいと思っている」

恋人って、と珠莉は顔が熱くなりそうだった。

この野上玲は、端整な顔をしていて、目が綺麗で、そこはかとなく色気を帯びている素敵な人なのだ。

珠莉を選ばなくてももっと素敵な人がいるだろうと思う。職業だって、瑞星銀行系列の証券会社勤務で、若くして係長となったエリート。

彼は二十九歳と言ったが、調べてみると係長になるにはかなり早い。彼が優秀な証券会社の社員ということは間違いないだろう。

「……………でも、理由が……」

珠莉が言葉を絞り出すように言うと、彼は料理を口に運んで笑った。

「聞きたい？」

「それは、もちろん」

しどろもどろに言うと、彼は珠莉をまっすぐに見て、瞬《まばた》きをした。

その仕草にドキッとしてしまい、珠莉は視線を外す。

「君が綺麗だと思って。肌の色が綺麗だし、目の下や小鼻に薄く浮かぶそばかすも可愛い。ナチュラルな化粧がよく似合ってる。ほっそりした首も綺麗だし、指先の爪の形も女性らしくて好きだ」

すごいことを言われている気がして外した視線を元に戻し、珠莉は野上玲を見た。

首も綺麗と言われたせいか、思わず自分の手が首筋に行ってしまっていた。

瞬《まばた》きをすると、彼が珠莉を見て微笑む。それがやたらと色気があって、珠莉はまた視線を下に向けた。

「君はたおやかで、そこはかとなく美しい人。君だったら、意味がわかるよね？」

珠莉は小さくコクリと頷いた。

そこはかとなく、というのは、なんとなくはっきりしない、どことなく曖昧《あいまい》なという意味だ。

たおやかというのは、姿かたちがほっそりしている、態度がしとやかで上品。類語は奥ゆかしい。

さらに彼は言った。

「それと今話していて、君はきちんと努力していける人なのだと思った。ただ、考えすぎはほどほどにした方がいい。そんな傾向があるように見えるから、一応注意しておくよ」

彼の言葉はすごく大人で、それでいてきちんと人を評価できる人なのだろう。珠莉は今まで彼が言ったようなことを、言われたことはない。

少し自分に自信が持てる気がして、嬉しかった。

「ありがとうございます。私、これまでそんな風に言われたことなくて……嬉しいです。……野上さんは、いろいろときちんと伝えてくれるので、私も、言いますね」

大きく息を吐き、肩の力を抜いて彼を見る。

「私、もともと美人ではないし、本を読むのが趣味みたいな地味キャラで。非モテ要員というか……だから、男の人とお付き合いしたこと……ないんです」

珠莉は下唇を噛んで、顔は正面に向けたままテーブルにある自分の組んだ手を見る。

「連絡先を聞かれたのは、社交辞令と思ってましたし、お誘いも、遊びだと思ってて……そもそも、こうやって男の人と二人きりで出かけること自体初めてで……慣れてないから、怖くて」

珠莉は本音を言って、なかなか視線が上げられなかった。

きっと、男性と付き合ったことがなく免疫のない珠莉なんか、面倒くさいと思われるだろう。女性誌で、そういうことが書いてあるのを見たことがある。

珠莉は自分を小さな少女みたいだと、自分の言動を顧《かえり》みて思った。

「俺も中身はすごく地味だよ。顔は割と派手だけど」

珠莉が視線を少し上げると、彼は変わらず微笑んでいた。

「前にも話したと思うけど、仕事はチャンスがあって昇進したんだ。まぁ頑張ったのも確かだけど。でも本当は、失敗したら、って思うと怖かった。今でも怖い時がある。だから、仕事に集中するとプライベートがおろそかになってしまって、恋人に振られるのはいつも俺の方だ。だから、君が言うほど中身はたいしたことない」

彼の怖いという言葉に、どこか親近感が湧く。こんなに素敵な人なのに、エリートなのに、珠莉と同じ不安があることに、驚きを隠せない。

今度は彼が一度視線を落とし、それから珠莉をまっすぐに見る。

「俺のことは、気に入らない？」

「そんなことはないです。素敵だと思います、カッコイイです」

「じゃあ、次の約束もしていいかな？　俺は本当に、君に一目惚れしたし、今話していても、君をもっと好きになれそうだと思ってる」

彼はそう言って綺麗な目で珠莉を見た。

好きか嫌いかで言ったら、彼のことは好きだと思う。

今まで会った誰よりも整った顔立ちで、許されるものならば、不躾《ぶしつけ》になるくらいずっと見ていたいほどだ。

きっと誰もがそう思うに違いない。美優紀だって、彼をずっと見ていたくらいだ。

「わかりました……来週の土曜なら。いつも日曜日は、次の週の分のご飯を作り置きするので」

「今日は日曜日だけど、本当は作り置きをする日？」

「そうです。でも、先週ちょっと作りすぎたんで、まだストックもあるし、今日はスキップしようかと」

玲は珠莉の言葉を聞いて、クスッと笑った。それから小さく頷いて、わかった、と言った。

「土曜日、できるだけ調整する。行きたいところはある？」

「……お、思いつきませんが……」

玲のようなパーフェクトな男の人とまた会えること自体レアだと思う。

けれど、純粋に、ドキドキするし、嬉しい。

「考えておきます」

「俺も考えておくよ。時間制限あるし、食べようか」

そう言って珠莉のお皿にも載っているオムレツを口に運ぶ。

恋愛のあれこれは自分には荷が重くて考えてしまう。けれど、まずは彼と会って、彼を知っていくのもいいかもしれない。

そう思いながら珠莉もオムレツを口に運ぶのだった。

4

「私やっぱり、野上さんにこんなに誘われる理由が、わからないっていうか」

そう言いながらも、三度目のデートは彼女の希望でプラネタリウムだった。結構本格的なプラネタリウムを指定してきたので、玲自身も楽しみにしていた。

出会った頃からそろそろ二ヶ月。季節が変わろうとしていた。

開始から数分後、どんな顔をして見ているのかと思ってチラッと横を見たら、目を閉じた彼女は、規則正しい深い息をしていて、思わず噴き出しそうになってしまった。

暗いし、シートはリクライニング。柔らかな音楽がかかっていたから、疲れていたら眠くなるのは当たり前だと思った。

玲もまた連日の勤務と、新たな案件の資料作りなどで疲れてはいたが、プラネタリウムは久しぶりだったので、きちんと最後まで堪能した。

内部が明るくなったところで、珠莉の肩を軽く叩くと目をパチッと開けた。

おはようと言うと、白い肌がみるみる赤く染まり、可愛かった。

「途中で寝ちゃうなんて失礼なことを」

「疲れてたんでしょ？　あの空間は眠くなってもおかしくないよ。ランチのあとだったから余計にね」

玲が言うと、彼女は口をキュッと閉じ、申し訳なさそうな顔をした。

「チケット代も出してもらったのに、すみませんでした……」

「いいよ、別に。初めて寝顔見れたし」

クスッと笑って言うと、また珠莉は顔を赤くし、片手で顔を覆った。

実を言うと、プラネタリウムの暗い空間で、珠莉の白い肌が浮かんで見えて、触れたいと思ってしまった。そこからは、その気持ちをぐっと抑えて、ひたすら天井《てんじょう》を見ていたのだ。

「いつも土曜日に合わせてもらっているのに、ごめんなさい」

可愛くて抱きしめたいと思うが、珠莉はまだ、玲のことを顔がいい兄くらいにしか思っていなさそうだ。好きな子だと会うたびに言うのに、彼女には通じていないらしい。

「眠気覚ましに、お茶でも飲んでいこうか」

「はい」

最近はためらいなく、こうやってお茶を飲もうと誘ったらすぐに応じる。

こっちは好きだと言っているのに、未だに付き合っている気もないのかもしれない。

プラネタリウムの施設から歩いて五分ほどのカフェは、そんなに混んでいなくて、すぐに座れた。

向かい合って席に着き、玲はコーヒーを、珠莉はキャラメル系の冷たいドリンクをチョイスした。

「やっぱり、野上さん見られてますね」

珠莉は下を向いて、ストローでドリンクを混ぜながらそう言った。

「君の彼氏だと思われてると思うけど」

玲が言うと珠莉は少し目を泳がせ、ドリンクを飲んだ。

「野上さんにはどうして彼女がいないんですか？　女の人が放っておかないと思うんですけど。私みたいに子供っぽい感じじゃなくて、年相応の大人の女性とか、似合いそうなんですが……」

珠莉は遠慮がちにそう言うと、大きく息を吐いた。

「そんなこと言うなら、君も放っておかないでほしいんだけど」

コーヒーを飲みながらそう言うと、顔を赤くした珠莉は玲を見る。

「本当に、どこが……私のどこがいいんですか……美優紀と私がいたら、みんな美優紀の方だったのに……」

「そうかもしれないけど、例外がここにいる。俺は最初から、君の雰囲気も容姿も、好きだけど？

逆に、誰の手もついていなくて、俺は嬉しかったな」

彼女は玲の言葉に曖昧《あいまい》に笑い、ドリンクをかき混ぜながら左手をキュッと握った。

いい加減にこちらを見てほしいと思う。

玲は珠莉を抱きしめたいし、キスをしたい。そして、セックスをしたいという欲望を抱えている。

誰の手もついていない、そこはかとなく美しい珠莉を、他の男たちが今まで放っておいてくれたことをありがたいと思っている。なんなら美優紀にも感謝したいくらいだ。彼女が目立つ美人だから、隣にいた珠莉の美しさに誰も気付かずに済んだ。

「放っておきたくないって、思ってますよ、私だって……でも」

はぁ、とあからさまに困った顔をしてため息をつく珠莉は、その顔のまま玲を見た。その顔もなんだか可愛いと思う自分は、かなりの重症だった。

そして、珠莉に、放っておきたくないって思ってる、と言われて、大人だというのに胸が高鳴る。

「でも私……男の人と付き合って、キスをしたり、その先にあるいろんなことが怖い気持ちも、あって」

小さな声で告げられるそれを、耳を寄せて聞いた。彼女の口から出た言葉に、隣に誰もいなくてよかったと思った。

「野上さんと私がキスしたり、エッチなことをするのは……ちょっとだけ怖い。初めて、だから」

好きになった人がヤバいくらいに初心者で可愛い。

玲は、三十を目前にして、恋をする相手に悶絶《もんぜつ》しそうだった。

「………それは、珠莉さんが、いいと言うまでしないよ」

言ったあと、バカなことを言ったと後悔した。

彼女がいつまでもゴーサインを出さない可能性だってある。男と付き合ったことがないのは、もちろん態度でわかる。玲の好きだという言葉一つですぐ赤くなるのだから。

今もすごく赤くなっていて、自分の手で顔を扇《あお》いでいる。

会うたびに彼女への欲を抱えているというのに、どれだけ我慢できるだろうかと、自分で自分の忍耐力を信じられない。しかし、相手の合意がなければ意味がないのは確かだ。

「俺ら、付き合ってるって、思っていいのかな？」

珠莉は顔を扇《あお》ぐ手を止め、少しだけ微笑んだ。

「すみません、ずっとはっきりしない態度でしたよね……今日から、お付き合いする、ということで、いいでしょうか」

珠莉が顔を上げ、玲を見る。

黒い瞳が綺麗だと思った。

「ありがとう……嬉しいよ」

一人の女性と付き合うまで、ここまで時間をかけたのは初めてだ。

けれど、その過程に少しばかり男としての欲求は高まったが、彼女と会うのをやめたいとは一度も思わなかった。

慣れないながらも、彼女なりにオシャレをしてきたり、玲からの誘いに応《こた》えようとしてくれた。

それに、彼女の目は玲を嫌いだとは言ってなかったからだ。

キスをして抱きしめたいという思いは強くなる一方だが、タイミングは間違えたくない、と思う玲だった。

☆

「玲と付き合うことになったんだ？」

ランチに行こうと美優紀から誘われて、一緒に行った場所はパスタとシチューパイが美味しいというレストランだった。

シメのケーキを食べるまで、美優紀の近況を聞いていたのだが、恋愛話になり玲とのことを聞かれた。

「ああ、うん……付き合う宣言したあと、昨日初めてのデートだった」

これで玲と二人で会うのは四回目だった。

前回のプラネタリウムでは寝てしまったので、今度は寝ないように、とずっと観たかった映画に一緒に行った。

玲も観たい映画だったらしく、映画はそれぞれチケットを買ったけれど、パンフレットを見ていたら買ってくれた。こうやって相手にお金を出してもらうのは、まだちょっと慣れないし、戸惑う。

でも、基本的に食事やチケット代などは割り勘にしてくれているのでありがたい。

映画の帰りは初めて手を繋ぎ、手が汗ばんでドキドキした。

「実は正広から聞いてたから。初カレだね、珠莉。おめでと」

「ありがとう……まだ慣れないけど」

玲といるといつもドキドキするし、見ているだけで素敵で、自分にはもったいないと思うほどだ。

最初は、自分みたいな非モテ要員を好きになったりしない、と勝手に思い込んでいたこともあり、彼への気持ちを無意識に止めていた。

けれど、何度か会ううちに、彼の言葉が沁《し》み入って、この人は珠莉のことを大切にしてくれると、そう思ったのだ。

『そこはかとなく美しい人』

美優紀のような美人ではないが、珠莉を美しいと玲は言ってくれた。何度も好きだと言ってくれた彼の思いにも応《こた》えたいし、そんな風に思ってくれる人と一緒にいたいと思ったのだ。

それに、彼にもらった仕事のアドバイスの通り、上司や先輩の校正紙を見せてもらったことで、自分なりに気付きがあり、最近はあまり注意をされなくなってきた。

やっとわかってきたね、と先輩に言われた時は、少しだけ仕事に自信を持てたように思う。

「新川さんとのお付き合いは順調？」

美優紀もまた、新川と付き合い始めた。珠莉たちよりも付き合い出したのは早く、新川の押しの強さに負けたみたいだ。

「あんなに好かれたら、女として幸せかな、って思ってる」

にこりと笑う美優紀は綺麗だった。幸せでよかったと思う。

「玲とはもう、したの？」

「ん？」

だから、と小さな声で美優紀が言った。

「セックスだよ」

珠莉は一気に顔を赤くした。

いずれそういうこともすると思うが、まずはもっとお互いを知ってから、と思っている。

「そ、それは、まだ……って言うか美優紀、野上さんのこと玲って呼ぶんだね」

「ああ、正広が玲って呼ぶから移っちゃった」

ふふ、と笑った彼女に、ちょっとだけ変な思いを抱《いだ》く。

珠莉もまだ玲と呼んだことがないのに、自然と呼び捨てている美優紀のコミュ力の高さが、今はちょっとだけ嫌だった。

「ごめんね、怒った？　珠莉が嫌なら、呼び捨てやめるから」

美優紀の言葉に珠莉はハッとして首を振る。

「ううん、大丈夫。野上さんとは、この前初めて、手を繋いで……」

奥手な珠莉はまだそこまでしか進んでいない。美優紀は珠莉の言うことを聞き、苦笑した。

「……玲って二十九歳の大人だよ？　大丈夫？」

彼女は大学時代彼氏がいたし、恋愛は珠莉よりも慣れている。

だけど、珠莉には珠莉のペースがある。

「美優紀は新川さんと、したの？」

「そうね、先月初めてしてからは、デートのたびに」

ペースがあると思っても、そんな話を聞かされると、した方がいいようにも思えてきてしまう。

「私は、初めての彼だし……そういうの、ちょっと、怖くて。それは野上さんにも、伝えてる」

「……そうなんだ」

珠莉は少しだけ笑って頷いた。

美優紀は、小さく何度か頷いて、わかった、と言った。

「なんか変なこと聞いたね。ごめん」

「ううん、大丈夫。ありがと、心配してくれてるんだって、わかってるから」

それから美優紀と笑い合って、二人してケーキを頬張った。

ケーキはとても美味しかったけれど、珠莉の心には、ちょっとだけモヤモヤが残るのだった。

☆

金曜日の夜、玲から食事に誘われた。

イタリア系の居酒屋に急に行きたくなったとメッセージがあり、珠莉は仕事帰りでお腹が空《す》いていたこともあり、行くことにした。

もともと土曜日に会う予定だったたし、なんなら日曜も会ってもいいかな、なんて玲の都合を考えずに思っていた。

いつも彼と会うのは土曜日だ。前に珠莉が日曜日にご飯の作り置きをする日と言ったからだろう。確かにそうなのだが、最近は週末に玲とご飯を食べることが多くなり、実は作り置きがちょっと余っていた。

金曜日から日曜日まで毎日会いたいと言ったら、玲は引くだろうか。

そんな風に毎日会うのがわかっているのに、別々の家に帰ることを思った。

「そっか……こういう時間がある時は、恋人同士って、エッチなことするのか」

そう思いながら待ち合わせの場所で立っていると、視線の端に玲が見えた。彼はとても目立つし、素敵だから遠目でも見つけられる。

「珠莉、ごめん、待った？」

前のデートの時、珠莉と呼びたいと言われた。

実際恋人となった玲に呼ばれると、すごくドキドキして、くすぐったい感じだ。

「待ってません。ここから近いんですか？」

「うん、すぐそこ。行こう」

手を差し出されたので、珠莉は手を繋ぐ。

男の人の手は大きくて温かいのだと、彼で知った。

「この前も思ったけど、野上さんの手は、大きいですね」

「男だからね」

見上げる彼は色気があって素敵だ。三つ揃えのスーツが決まっている。きっと今日も、彼は周りの人たちの視線を集めることだろう。

こんな素敵な彼が好きだと思う。

まだ怖いけれど、いつか彼と身体の関係を持つのだろうと、思っている。でも同じくらい、不安で、どうしようとも思っていた。

ほどなくして、イタリア系の居酒屋に着いた。

小さな店だけど、金曜だけあって席は結構埋まっていた。

「いきなりはダメだったかな……」

玲が店の中を見て、ちょっと悩んでいる。きちんと見ると結構待っているというか、満席のように思えた。

彼が店員に声をかけると、案の定、席は空《あ》いてなかった。

「ここのアヒージョが食べたかったんだけど……」

「野上さんも突発的にそう思うことあるんですね」

「あるよ。店の席が空《あ》いてなかったのは誤算。いつもはもう少し空《す》いてるんだけど……」

違う店を、と言いながらスマホを操作するのを見て、珠莉はその横顔を見た。

端整で見ているだけで、胸がキュッとなる。

この人は、キスもセックスもしたことがあるのだろう。これだけ素敵な人だし、何人か彼女がいたようだから当然だ。

「野上さん？」

「ん？」

珠莉を見て軽く笑みを浮かべる彼に、それこそ突発的に聞いてみた。

「私と、キスや……セックスが、したいですか？」

珠莉の問いに、玲は何度か瞬《まばた》きをして、可笑《おか》しそうに笑った。

「どうしたの？　急に」

笑みを浮かべる彼の、スマホを持つ腕に珠莉は手を添えるように置いた。

「怖いって言ってたこと、覚えてるよ、珠莉。それとも、その怖さを乗り越える気になった？」

少しばかり笑みを消した彼は、珠莉の手を取った。

「もちろんしたいよ、珠莉。でも、今じゃない、とは思うけど」

「そうですか……？」

問いかけるように言うと、彼はスマホをポケットに入れ、腕に置いている珠莉の手を取った。

「俺の家、ここから近いんだ。夕飯は宅配にしようか。ちょっと話そう？」

小さく頷くと、彼は頷いて珠莉の手を引いた。

家が近いということは、このお店にも何度か来たことがあるのだろう、とぼんやり考えながら歩く。

そうしながら、珠莉は自分の発言を思い返し、頭を抱えた。突発的に何を聞いているんだろう、と。

彼は手を繋いで珠莉と歩いているが、何も話さない。さっきの珠莉の言葉をいったいどう思っているのか、わからない。

言ってしまった言葉は取り消せないが、本当にどうしてあんなことを言ったのか。どうしたんだ急に、と言われてしまってもおかしくない。

いったい野上は何を話すのだろう、と真意がわからないまま珠莉は黙って彼についていった。

彼の家が近いと言ったのは本当で、五分程度でとあるマンションのエントランスに着いた。彼はカギを差して自動ドアを開けると、珠莉の手を引いてエレベーターのボタンを押す。

到着する間、彼はポケットに入れていたスマホを取り出し、宅配のサイトを開いたようだ。

「ピザでいいかな？　何が好き？」

「ピザは全部好きです。野上さんの好きなので大丈夫」

「了解。カマンベールフライも頼もうかな。飲み物だけど、冷蔵庫の中にはビールしかないんだ。何か頼む？　それとも珠莉はお茶でいいかな？　ペットボトルだけど」

珠莉がビールを飲めないのを知っている彼に、お茶を提案されたので頷いた。

「はい。ありがとうございます」

やってきたエレベーターに乗り込んで、彼は六階のボタンを押した。たぶん賃貸だろうが、そんなに古くないマンションのようだ。家賃はどれくらいだろうと考えているうちに、六階に着いた。

エレベーターから降りて、彼についていく。一つのドアの前に立った玲が、鍵を開けて珠莉を見る。

「どうぞ」

「……お邪魔します」

珠莉は靴を綺麗に揃えて脱いだあと、促《うなが》されるまま先に上がった。彼が靴を脱いで靴箱に入れるのを見て、きちんとしている人だと思った。

「そんなに広くないけど」

玄関からすぐのドアを開けた彼の後ろをついていくと、そこはリビングで、その奥にたぶん別の部屋に続く引き戸が見えた。玲は広くないと言ったが、珠莉の賃貸マンションと比べたらずいぶん広い。

「ソファーがいいかな。こっちのカウンターは狭いし」

ソファーの前には小さなテーブルがある。玲はそこに冷蔵庫から出したビールとお茶を置いた。そして氷入りのグラスを置いてくれるのにお礼を言って、珠莉はソファーに座る。

「上着脱いでくるから、ちょっと待ってて」

そう言いながらネクタイを解き、一度引き戸の向こうへ行った彼は、スラックスとシャツにベストの姿で戻ってきた。

玲はスタイルがいいと思っていたが、上着を脱ぐとそれがよくわかる。シュッとしたデザインのスラックスとベストが似合っていた。

「古賀さんから何か言われた?」

美優紀の苗字が出て、ハッと顔を上げた。

「図星だね。あの子、君の友達とは思えないほど、コミュ力がすごいから。正広と付き合い始めたようだし、そういう関係なんだろうけど、珠莉は……古賀さんじゃないから」

彼はペットボトルの蓋《ふた》を開け、珠莉のグラスにお茶を注《つ》いでくれた。

「でも、大人の男の人は、それするのが当たり前なんじゃないかと……思って」

隣で大きくため息をついた彼は、優しくそっと、珠莉の肩を抱きしめた。

「これは平気？」

小さく頷くと、玲は肩を抱くもう片方の手で、珠莉の手を包む。

「珠莉は俺にとって、今までになく本気で好きになった人だ。だから、男として、そういう目で見ているのは間違いない。今も、こうして君に触れることで、もっと先に進みたい気持ちがないとは言わないけど……大事にしたいから、きちんと待つよ。あまり長期になるようなら、その時は、また話そう」

肩を抱く手と、珠莉の手を包む彼の温かさが、胸を締め付ける。けれどこの締め付けは悪い意味ではなく、どちらかというと、キュンとする方だ。

「そういう気持ちには、自然になるはずだから……それまで待つよ、珠莉」

玲は、珠莉の心も身体も大事にしてくれている。自分が怖いと言っていたことも、きちんと理解してくれている。

悩んだあげく変なことを言ってしまった自分が情けなくなってくる。

顔を上げると、なんとも言えない涙が出てきてしまった。

「珠莉、泣かないでいい。こういうことは悩んでいいと、俺は思う」

「だけど……私、考えすぎじゃない？」

彼は首を傾げ、うーん、と言った。

「俺も君と一緒かな……あまり恋愛に興味を持てなくて。初めては結構遅かったよ。その時の年齢は内緒だけど」

恥ずかしそうに笑った彼はとても魅力的で、そして珠莉を笑顔にさせた。

「嘘だ、野上さんに限ってそんなことないですよ」

「信じるか信じないかは、珠莉次第」

珠莉が笑って彼を見ると、綺麗な形の目と視線が合った。

こういうことは自然に来るのだと、彼が言った通りだった。

肩を抱く彼の手に少し力がこもった。珠莉もまた彼を見上げながら、自然に目蓋《まぶた》を閉じ、彼の唇を受け入れた。

「……ん」

最初は口を付けるだけ、そして彼が珠莉の唇を軽く吸う。珠莉が嫌がらないとわかると、玲は角度を変えて唇を彼のそれで覆ってくる。

初めてのキスは唇の柔らかさを一番に感じた。それから、直《じか》に伝わる体温が気持ちよくて、珠莉は自然と彼の背に手を回していた。

彼とのキスにうっとりしていると、突然部屋にインターホンが鳴り、珠莉は驚いてビクッとしてしまう。

しかし彼は、動じずゆっくりと唇を離し、珠莉の頬を撫でる。

「ピザが届いた」

そう言って、もう一度小さなキスをした彼は、財布を持って立ち上がり、玄関へ向かう。

珠莉は何度も瞬《まばた》きをし、自分の唇に触れた。

唇を奪われたのが、玲でよかったと思う。顔を赤くしながら、先ほどのキスを反芻《はんすう》していると、さらに顔が赤くなりそうで、慌てて首を振った。

「そんな可愛いらしい顔をされると、困るんだけど」

そう言いながらテーブルにピザの箱を置き、珠莉の顔を見る玲の顔が少し赤い気がした。

彼は気を取り直すように、笑みを浮かべて言う。

「食べようか」

大きく息を吐き、珠莉は頷いた。

彼が箱を開けると、ぷりぷりのエビの載った美味しそうなピザが現れた。

「次は絶対あの店でアヒージョを食べよう。今度はもう少し早い時間に行くか、予約してもいいね」

「そうですね」

二人ともピザを一つずつ取って、頬張る。

初めて玲の家で食べたピザは、なんだかとても美味しかった。

5

週末の金曜日。珠莉は先輩の山川《やまかわ》と共に、陶山に呼び出された。そこで、自分が校正を手掛けた原稿を真面目すぎるという理由で、作家に返却されたと告げられた。

「もともと、表現の繊細な方だから……指摘したところが気に入らなかったんだろうね。これはこっちで引き取るから、古川さんはこの短編の校正をお願いできるかな」

原稿を戻されただけでなく、しばらくこの校正さんにはしてほしくない、とまで言われてしまった。

まだ新人の珠莉が、初めて任された名のある作家の作品であったが、結果は良いものではなかった。

「きちんと先輩にもチェックしていただいたんですが……」

「……そうだね……山川さんのチェックが甘かったとは思わないが、何かが……気に入らなかった。ただそれだけと思う。少し気難しい作家さんだからね」

上司の陶山が頭を掻きながらそう言って微笑んだ。山川という女性は、珠莉の指導をしてくれている先輩だ。

「ご迷惑をおかけしてすみません。古川さんの校正は問題ないと、私が判断しました」

一緒に呼び出された山川が、珠莉の隣で頭を下げる。

最初は厳しい人だと思った彼女は、今は頼れる先輩となっていた。彼女の緻密《ちみつ》な校閲を見ると、いつも見習いたいと思う。

そんな山川に頭を下げさせてしまった珠莉は、申し訳ない気持ちでいっぱいになる。

「君ら二人が悪いわけじゃない。作家とは相性もあるから。いつもは僕が担当してるのに、悪かったね。新人に任せるのも経験だから、どこがいけないか指摘してほしいと先生にお願いしたんだが、何かが違う、と返されてしまってね。今回のことは、古川さんには勉強だと思ってほしい」

そう言われて、珠莉は別の仕事を任された。

「山川さん、すみませんでした」

二人でデスクに戻ったが、何も言わずにはいられず、珠莉は彼女に謝った。頭を下げると、彼女は首を横に振った。

「別にいいの。あの先生は本当に気難しいし、文章へのこだわりも強いの。新人に任せると聞いて、校正もちゃんと見てないかもしれないしね。最終チェックは私がしたって言っておけば、少しは違ったかもしれないけど」

ため息をついた彼女は、珠莉を見る。

「でも、先生の言うことも一理あると思う。先生の本をあまり読んだことがないのもあるだろうけど、人それぞれ考えは違う。あなた私に言ったよね？　私の校正、校閲を見返して、作家への聞き方が上手だって」

玲から言われて、改めて山川の原稿を見返して、彼女が珠莉に注意してくることの意味がわかり、確認しにいった時のことだろう。厳しい人だけど、とても感情が豊かで、作品をきちんと理解しているのがよくわかる校正原稿だった。

「私から見ても、あなたには、今もどこか殻《から》があるような真面目すぎるところがあると思う。だから先生の指摘はあながち間違いじゃない。でも、真面目なのがダメというわけじゃないから。あなたはまだ新人ちゃんなんだし、これからよ」

頑張りなさい、と言われて、珠莉はもう一度頭を下げて、自分のデスクに戻った。

上司である陶山は勉強だと、山川はこれからだと言ってくれたが、気分は晴れない。二人がフォローでそう言ってくれたのはありがたいが、これは紛れもない失敗だと思う。

そして、久しぶりに山川から新人ちゃんと言われたことが、珠莉の胸に重く圧し掛かっている。

陶山も山川も、失敗だとは言わなかった。でも珠莉は、やはり仕事に失敗した、という思いが強くて、気持ちが沈んでいく。

それでも目の前には仕事があって、珠莉はやるしかない。

作家に嫌われて、このまま仕事ができなくなってしまったらどうしよう、と思った。

そんな気持ちでは成長できないとわかっていながらも、珠莉は落ち込む気持ちを拭えないまま、新しく任された短編の仕事に取り掛かるのだった。

☆

その日の夜。

珠莉は玲と待ち合わせをし、夜ご飯を食べに行くことになっていた。

しかし、これから玲と会うというのに、初めての失敗が尾を引いて、気持ちは沈んだままだ。

できれば気分的に、今日は誰とも会わず一人で過ごしたい気がする。でも、大好きな恋人と会えば、気分転換できるかもしれないと思って、約束通り彼と食事に行った。

いつもは頼まないワインを頼み、いつもは頼まないビールも飲んでみた。自分でも、おかしくなっているのはわかっていたが、玲は何も言わず珍しいね、と言うだけだった。

普段飲まないお酒は、どちらも美味しくなくて、珠莉の気分は晴れなかった。結局、ただ酔っ払っただけで、つまらないことをしてしまった。

しかも何度も玲から終電は大丈夫か、と確認されたのに、笑って何も言わなかった。

「珠莉、大丈夫？」

「うん、平気……酔っただけ、ぼーーっとする」

店から近いのは彼の家だったので、ひとまずタクシーでそこに向かい、エレベーターに乗ったところで気が抜けた。彼に寄りかかり、身を任せる。

「野上玲さん……」

「はい？」

「ごめんなさい、酔うのわかって、ワイン飲んじゃった」

「はいはい、好きじゃないビールも飲んだな。今日はどうした？」

「うん……」

珠莉は少しおぼつかない足取りになっていた。なので玲に支えられながらエレベーターを降り、彼の部屋へ向かった。

彼のマンションは賃貸ではなく、分譲で購入しているものだと最近知った。ほぼ一括で買ったと聞いている。

彼の部屋に着き中に入ると、玲の上品で甘いオリエンタルな匂いに包まれる。彼の服からいつもこの匂いがして、珠莉はいつもドキドキしていた。

玄関に入ってすぐ、珠莉は彼のスーツの襟《えり》に触れて軽く掴んだ。

珠莉は玲の家に何度も来ていたが、泊まったことはなかった。

出会ってから四ヶ月になろうとしているが、まだセックスもしていない。

ただ、デートした日は必ずキスをするようになっていた。先日は深いキスに身体を支えられず、ソファーへ倒れ込みながら、そのままキスを続けた。

彼は、すごく我慢しているのだと思う。

最初に比べるとキスに熱がこもり、唇から彼の思いが伝わってくるからだ。

「玲……」

最近は名前で呼んでほしいと言われたから、できるだけ名前で呼ぶようにしている。

けれど今日は特に玲、と呼び捨てにしたくて、珠莉は彼の名を呼んだ。

見上げると、彼が瞬《まばた》きをして少しだけ目線を上にしたあと、手にしていたビジネスバッグを床に置く。そして珠莉の顔の横の壁に手をつき、顔を傾けて唇を重ねてきた。

「ん……っぁ」

壁に背を押し付けられて、濡れた音を立てながら唇を啄《ついば》まれる。開いた口から入ってきた彼の舌が、珠莉の舌を絡め取り、互いの息がやけに耳に響いた。

酔っているから、余計にクラクラする。いつの間にか壁についていた手が髪の中に差し入れられ、もう片方の手は珠莉の腰を抱いていた。

「ぁ……れ、い」

珠莉も自然と彼の腕の下から背中に手を回し、抱きしめる。

ずっとこうしていてほしいと思うくらい、自分を壁に押し付ける重みも、キスも気持ちよかった。

「っ……は」

玲が吐息と共に唇を離した。

珠莉の下腹部に、硬いモノが当たっている。彼は瞬《まばた》きして珠莉を見た。玲の唇が光っているのは、それだけキスが深かった証拠だろう。

「ごめん、わかるよね……ちょっと、落ち着くまで時間がかかりそう」

彼は苦笑して目を閉じ、少し身体を離した。

「とりあえず、部屋に入ろうか」

玲との初めてを酔った勢いですべきではないとわかっている。それに、玲に甘えている自分が、情けなく思えた。

いつもより深酒をして終電を逃し、彼にキスを求めて甘えている。珠莉は彼に、ずっと我慢させているのに、自分の都合でこんな熱のこもったキスをすれば、玲がこうなることくらい、成人女性ならわかって当然だ。

「ごめんなさい」

珠莉は彼への罪悪感で、その場にしゃがみ込んでしまった。

「……え？」

彼は崩れ落ちる珠莉を支えるタイミングを逸して、一緒に座り込む。

あまりの情けなさに涙も出てきてしまい、本当に自分は何をやっているんだ、と自己嫌悪に陥《おちい》る。

「珠莉、どうした？　本当に何があった？」

同じ年でも、きっと美優紀ならこんな風にダメにはならないだろうな、と珠莉はもうドツボにはまっていた。

「玲が大人でよかった、ごめんなさい、本当に」

「だから、何があった？」

ちょっと呆れ口調だが、玲の態度は優しい。

珠莉は彼を見て、洟《はな》を啜《すす》りながら彼の首に頬を摺り寄せた。

「仕事で失敗しちゃった……作家に嫌われて、しばらく挽回できそうにない」

玲が大きくため息をついたのが聞こえた。呆れられた、と思った。

彼は珠莉の両腕を持って立ち上がらせ、顎《あご》を持ち上げて、指先で珠莉の涙を拭った。

「だからいつもは飲まない酒を飲んだのか？」

小さく頷くと、玲は困った顔をして、珠莉の頭を撫でつつ自分に引き寄せた。

「そういうのは、時が解決してくれるよ。仕事を続けていれば、いつか挽回できる」

「できない……」

「決めつけはよくない。絶対できるから頑張りなさい、珠莉」

聞き分けのない子供を諭《さと》すように言われて、珠莉は下唇を噛んだ。それから顔を上げて彼を見上げる。

「ここは玄関だし、とりあえず靴を脱いで」

小さく頷いて、珠莉は靴を脱いだ。彼もそうして、肩を抱かれながらリビングへ行く。

電気をつけた彼は珠莉をソファーに座らせ、冷蔵庫から水のペットボトルを持ってきて渡した。

「今日は泊まっていく？　終電はもう逃してるし」

「いいの？」

「いいよ。いいけど、俺は今からすぐにシャワーを浴びる。すぐ済ませるから、君は水を飲んで」

「どうして？」

珠莉が聞くと、彼は呆れたように大きくため息をついた。

「男の下半身事情。珠莉は水を飲んで、少し酔いを醒まして」

そう言って彼は浴室がある方へスーツのまま行ってしまう。

男の下半身事情、の意味を考えて、珠莉は酩酊《めいてい》した頭の中が、さらに酩酊《めいてい》しそうだった。

「本当に子供だ……仕事もできないのに、玲にも我慢させてる……何もいいところがない」

心の底からそう思い、さらに泣けてきた。

泣きながら水を飲んでいた珠莉は、ふと、泊まるなら、せめて下着くらいは変えたいと思い立つ。

財布だけ持って近くのコンビニへ行くことにした。

玲の住んでいるマンションの周辺には、小さいスーパーやコンビニやクリーニング店などがギュッと集まっていて便利だ。

とりあえずショーツと、クレンジングや洗顔、化粧水が入っているセットを手にした。玲が水を飲むように言っていたため、水のペットボトルも購入し、それを飲みながらいつもより遅い歩調で、トボトボと歩いた。

酔っているし、落ち込んでいるしで、珠莉の涙腺は緩い。

彼氏の玲にまで迷惑をかけている。

思い浮かべると、さらに落ち込んでしまい、何をやっているのかと思ってしまった。

「こんな私が、玲の彼女でいいんだろうか……」

大きなため息をつきながら、玲のマンションに着くと、マンションの前に玲が立って待っていて、首を傾げた。

そこで、セキュリティがあったことを思い出した。珠莉を見た玲が駆け寄ってきて、珠莉の肩を掴む。

その表情はホッとしたもので、酒に酔った鈍い頭でも、心配させてしまっていたことに気付く。

「珠莉、どこに行ってたんだ!?」

「あの、コンビニに、下着を買いに……」

「夜遅くに一人で行ったら、危ないだろう」

玲は長袖《そで》Tシャツにスウェットパンツ姿だった。髪の毛はまだ濡れていて、焦って外に出てきたのだとわかった。

そのまま部屋へ連れていかれ、珠莉の手を引いてソファーに座らせる。

「あの、お風呂借りていいですか?」

「そんなに酔ってるのに、無理だろ？」

「でも……下着も、洗顔のセットも買ったし……」

珠莉がそう言うと、彼は大きく息を吐いて視線を横に向けた。

「今日はもう寝て、また明日、きちんと話そう」

小さく何度か頷くと、彼は珠莉に黒の上下のスウェットを手渡した。

「これに着替えて、向こうのベッドでゆっくり寝なさい。いいね？」

「はい」

珠莉は下を向いて下唇を噛んだ。

「そんな顔をしないで。明日になれば、もう少し違う考えが浮かぶよ」

目尻に浮かんだ涙を指先で拭われたあと、身体を抱き上げられて、引き戸の向こうへと連れていかれた。少し広めのベッドが置いてあり、そこに下ろされた珠莉は、彼を見上げる。手元にあるライトを付けられ、彼は部屋の電気を消した。

「おやすみ、珠莉。また明日」

引き戸が閉められたあとも、珠莉はしばらくベッドに座ったままだったが、立ち上がって服を脱いで彼のスウェットに着替えた。

それから目を閉じるとすぐに睡魔が襲ってきて、いつの間にか眠っていた。ベッドの寝心地と、軽くて温かい布団のおかげかもしれない。

翌朝、目を開けて最初に思ったのは、いつもと天井《てんじょう》の模様が違うということ。次に気が付いたのはベッドの寝心地の違い。

「あ……私、玲の家に泊まったんだ……」

起き上がると、きちんと服を着替えていたのに驚く。昨日の記憶を辿《たど》れば、恥ずかしいことばかり思い出した。

いったい何をやっているんだ、と頭を抱え、玲は昨日の珠莉の状態を見てどう思っただろうかと、頭を抱えてしまう。

慣れない酒を飲んで、何度も彼に終電を聞かれた。普通だったら、終電に間に合うように帰るというのに、昨夜は大丈夫、と何度もわけもわからず言っていた。

それに、ずっと珠莉のことを待ってくれている玲を、昨夜は明らかに誘うようなことをしてしまったのではないだろうか。

彼を見上げて、自ら玲の身体を強く抱きしめた。唇を重ねたあとは自分から舌を絡めた気もするし、それこそ彼自身の硬いモノが下腹部に当たるほど、熱いキスをしたのを思い出す。

『ごめん、わかるよね……ちょっと、落ち着くまで時間がかかりそう』

そう言った玲の濡れて光る唇や、視線の情熱を思い出し、珠莉は顔が赤くなるのがわかった。

身体の熱を持て余しながらも、珠莉を心配して何もしないでいてくれたことを考えると、罪悪感を抱《いだ》いてしまう。

仕事で落ち込んで、甘えて、酷いことをしたと思う。

「もう、ダメすぎて、帰りたい……」

そのまま布団に突っ伏すが、きちんと昨夜のことを謝らなければ、と大きく深呼吸してベッドから下りて、立ち上がる。

そっと引き戸を開けると、彼はキッチンでコーヒーを淹《い》れていた。

珠莉に気が付き、彼は笑みを向ける。

「おはよう。シャワー浴びる？」

珠莉が小さく頷くと、浴室の場所を教えてくれる。なので昨夜買ってきたショーツを手に取って浴室へ行くと、すでにタオルなどが準備されていた。

ありがたく思いながら、手早くシャワーを浴びて部屋に戻ると、テーブルにコンビニのサンドイッチが用意されていた。

彼は珠莉が浴室から出てくるのを見計らったように、コーヒーの入ったマグカップをテーブルに置いた。

「シャワーありがとうございました」

「いいえ。買ってきたもので悪いけど、よかったらどうぞ。何か作れたらいいんだけど、最近忙しくて冷蔵庫が空《から》でね」

「いいえ、嬉しいです……あの、昨日はいろいろとご迷惑を……」

珠莉が申し訳なさそうに言うと、彼は笑みを崩さず小さく頷いた。

「若さ溢れるといった感じだったね……まぁいいよ。お礼は珠莉の身体で」

「えっ⁉」

身体で、と言われ思わず目を泳がせる。

「冗談だよ」

クスッと笑ってコーヒーを飲んだ彼の隣に座る。

「それで、何があった？」

珠莉は、昨日のことを思い出しながら、玲に問いかける。

「玲は、仕事で失敗したことある？」

「ないよ」

即答した彼は、マグカップを両手で包んだ。

「俺たちは、仕事で半端ない金額を動かしてるから、ミスは許されない。大変なことになるからね」

珠莉は、彼の言葉の重さを噛みしめながら、マグカップを手に取りコーヒーを飲んだ。

いつもより、コーヒーが苦く感じる。

「だから、人間関係の失敗くらいなら、かすり傷でもないよ。確かに職種の違いはあるけど、君の失敗は、いずれ挽回できるものだ。違う？」

彼は口元に少しだけ笑みを浮かべている。

「玲は、メンタルが強いですね」

「よく言われる。おかげで君との関係は進まないけど、どうにかなってる。でも、さすがに昨日は、ちょっとヤバかったかな」

サンドイッチを食べながらさらりとそう言われ、珠莉は罪悪感で小さくなる。確かに珠莉も、昨日はあのまま、とチラッと思ったりもした。

「ごめんなさい……玲、呆れてるでしょ。お付き合いも仕事も、自己嫌悪ばっかり……」

「仕事は時に厳しいけど、自分を高めてくれるものだと思ってる。君はまだ一年目なんだし、これからだ。それに、次は同じ失敗をしないようにって、成長と戒《いまし》めに繋がるんだから、いい勉強をしたと思うけど」

勉強と聞いて、ふと陶山や山川から言われたことを思い出し、珠莉は頷いた。

「いい勉強……成長と戒《いまし》め……これから」

昨日言われた時は、とにかく失敗してしまった、という思いが強かった。それ以外何も考えられなくて、その言葉の本当の意味に思いを巡《めぐ》らすことはできなかった。

玲の言葉を聞き、こういうことだったのかと、気付いた。

明日になればもう少し違う考えが浮かぶよ、と言った玲の言葉通りだと思った。

少し気持ちが浮上した珠莉が笑みを向けると、玲はカップをテーブルに置いた。

珠莉、と名を呼ばれ顔を上げた。

「君は考える子だから、失敗で落ち込むのは仕方ない。でも、それでいいと思う。仕事で悩みがあって、落ち込むことは誰にだってあることだから。それで、これからまた少しずつでも成長できたらいいと思う」

玲は的確な言葉を与えてくれる。社会人としての経験が豊富だからだと思う。

「一つ釘を刺しておくけど、珠莉が俺の彼女じゃなかったら、ここまでアドバイスはしない。みんな、何かの壁にぶち当たって、そして一つずつ気付いていくのだから。わかった？」

玲がにこりと笑ったのを見て、珠莉は頷いた。

「はい。ありがとうございます」

玲が優しいのは珠莉だからだと言ってくれたことが、なんだかとても嬉しかった。

「お付き合いの方は、まぁ……俺としてはそろそろ待つのが限界だから、君を抱きたいと思ってるけど……抱かせてほしいって言ったら、君はどうする？」

あまりに直球な彼の言葉に、息を呑む。

彼と視線を合わせると、色気のある綺麗な目が自分を見ていた。

玲は以前、このことについて長期になるようだったら話し合おう、と言っていた。

そういう気持ちには、自然になるはずだから……と言った彼の言葉を思い出す。彼と会うたびにキスをして、自分の中で彼を好きだと思う気持ちが募《つの》っているのがわかる。

いつも珠莉を引っ張ってくれて、悩んだら珠莉を助けてくれる彼が好きだ。

「そうしてほしい」

玲が瞬《まばた》きをして珠莉を見た。

どんなことをするかわかっている。裸を見られるのは恥ずかしいし、触られるのもやっぱり怖い。

何もかも珠莉は知らないことばかりだけど、彼の気持ちには応《こた》えたい。

「私も……玲に、抱かれたい」

珠莉は今の気持ちを素直に言った。

昨日のキスを思い出し、濡れて光る彼の唇が色っぽくて、どうしようもなくドキドキした。もっと玲と近づきたい。もっと、玲に触れたいと思っている。

「……本当に大丈夫？　途中で止められないと思うけど」

玲は珠莉の頬に触れ、そう言った。その声は僅《わず》かに掠れていて、どこか官能に満ちている気がした。彼の目は珠莉を熱く見つめている。

頬に触れる親指が、珠莉の頬を撫でた。

「まだ怖いけど……でも、乗り越えたい」

「そう、じゃあ、今からどう？」

サンドイッチを一口入れて、そう言った玲に、珠莉は大きく深呼吸をする。

「まだ明るいけど……」

珠莉はあたりの明るさが気になってしまう。きっと自分の何もかもが鮮明に、彼の目に映るだろうと思うと、やはり恥ずかしかった。

彼は咀嚼《そしゃく》をやめ、じっと珠莉の目を見る。そして、サンドイッチを呑み込んで、笑った。

「じゃあ、やめる?」

彼は余裕だ。珠莉は目を泳がせて、でも彼が好きだと思う。

昨日のキスを思い出しながら、大きく息を吐き出し、顔を赤くしながら首を横に振った。

「玲が好きだから。……目を、ずっと閉じちゃうかもしれないけど」

彼は嬉しそうに笑って、珠莉を抱きしめた。

そのままキスをして、思う存分珠莉の唇を蹂躙《じゅうりん》する。

「君の気が変わらないうちに、ベッドへ行こう」

いつもと違う掠れた玲の低い声が、お腹の底に響く。

珠莉はそれを感じて、小さく息を呑みつつ頷いた。

彼に愛される準備を無意識に身体がしていることに、少しだけ恥ずかしくなってしまった。

☆

「優しくしたいけど、できない時は……ごめん」

珠莉はここに来てもなお、彼が自分を抑えてくれているのがわかった。

普通は付き合ってどのくらいでここまで辿《たど》り着くのか珠莉は全く知らないけれど、きっと自分はとても遅い方だろう。

愛し合いたい気持ちよりも、怖い気持ちの方が先立ってしまっていた。

でも、珠莉の気持ちが追いつくのを待っていてくれた玲のおかげで、自然と彼に抱きしめてもらいたい気持ちが強くなった。

ベッドに背が沈む感触がしたと思ったら、首筋に彼の顔が埋まった。

最初はくすぐったいと思っていたが、同時に胸を揉み上げられ、首筋にキスをされると肌が敏感に反応してしまった。

珠莉が少しだけビクリとすると、玲の手が腹部を撫で、上衣の中に入ってくる。

「下着つけてなかったんだ」

そう言いながら、珠莉の胸に直接触れた。そんなに大きくない珠莉の胸は、彼の大きな手には物足りないだろう。珠莉の胸は小ぶりすぎて、全て覆えてしまう。

けれど彼は、大切なもののように胸を揉みながら、珠莉の上着を捲《めく》り上げ、胸の間にキスをする。

「……っは」

思わず熱い息を吐くと、彼は唇を開き珠莉の胸を吸った。

初めての感覚に目を開く。恥ずかしさで再び目を閉じるが、じわじわと下腹部が熱くなってくるのを感じた。彼の口の中で、舌先で転がされた乳首が硬くなっているのがわかる。

濡れた音を立て、反対の胸も同じようにされると、勝手に身体が揺れてしまった。

「あっ！」

耐えきれない声が出てしまい、咄嗟《とっさ》に下唇を噛む。すると、玲は唇を合わせてきた。

「ふ……っん」

舌が絡み、水音を出す。一度唇を離すと、玲は珠莉を見た。

「まだ、怖い？」

今までの行為に、心臓がありえないほど高鳴っているし、触れる指先に感じている。恥ずかしさはあるけれど、怖い気持ちは言われるまで忘れていた。

「今、忘れてた」

玲は笑って、珠莉の乳房の尖りを指先で摘まんだ。

「あ……ん」

「可愛い、珠莉……ずいぶん待ったよ」

そう言って彼は珠莉のスウェットパンツに手をかけ、下着と共に下げる。

「や……っ！」

見られたら恥ずかしいところ。

でもセックスは、そこで繋がると、さすがに知っている。

「恥ずかし……っ」

足を閉じようとすると、玲が身体でそれを阻《はば》むようにして開かれる。そして、両手で珠莉の足の付け根を撫でた。

「嫌なら、まだやめられる」

珠莉はうっすら目を開けると、目の前には、はぁ、と熱い息を吐く玲がいた。

いつも色気のある彼が、さらに色っぽくなっていた。こういうのをどう表現するんだっけ、と一瞬、現実逃避しながら珠莉は瞬《まばた》きをする。

「……嫌だけど、して、いい」

それを聞いて、玲は笑った。そして珠莉の手を自分の下半身へ導く。

そこはもう硬く勃ち上がり、服の上からも張り詰めているのがわかった。

「君に入りたくて、こうなってる。昨日と同じだ」

珠莉はそう言われて目を閉じ、足の力を抜いた。

顔を横に向け、必死に羞恥《しゅうち》に耐えていると、彼が足をさらに割り開いた。そこに触れる愛撫《あいぶ》があるのは知識で知っていたが、触れたのは指ではなかった。

指よりもっと、柔らかなもの。

珠莉が目を開けて下を見ると、彼が珠莉の足の間に顔を伏せている。

下から上へと秘めた部分を舐《な》め上げられ、隠れた尖りを舌先で転がされる。初めて与えられる快感に、珠莉は自分の声とは思えない喘《あえ》ぎ声を上げた。

「あ……っあん……っや」

どうしようもなく悶《もだ》えるとは、こういうことを言うのだろうと思った。

濡れた音が聞こえてくる。珠莉は自分の腰が揺れるのを制御できなかった。

ソコが濡れているのがわかる。珠莉の中から溢れた愛液が、足をトロリと伝ったのがわかった。

「れ、い……もう……っん！」

「もう、イク？」

ひとしきり珠莉の秘部を舐《な》めていた玲の舌先が、中に入ってくる。一層潤《うるお》いが増したのがわかり、水音が大きくなった気がした。

「は……ぁん」

舌先で尖りを舐《な》めながら、長い指で中を擦ってくる。

そうされるともうだめで、珠莉はキュッと目を閉じた。

「玲……ダメ……っ」

珠莉は揺れる腰を抑えきれず、身体を震わせた。

「あ……」

身体が変だ。なんだか勝手にビクビクしてしまう。

加えて頭の中は真っ白で、何も考えられない。指先を動かすのさえ、億劫《おっくう》だった。

これがもしかして、イクってことかな、とぼんやりと考える。

玲が顔を上げて、珠莉を見る。濡れた指先が内腿に触れたのを感じて、瞬《まばた》きをして見上げた。

「珠莉……」

彼が、膝立ちになって下着とスウェットパンツを下げる。

男の人の反応しきったモノを見るのは初めてだった。太くて長いそれに、彼は避妊具を着ける。

その手慣れた感じで、彼は大人なのだと珠莉に再認識させた。

といっても、彼は出会った時からずっと大人だった。珠莉が子供なせいで、ずいぶん長くこの行為を待たせてしまった。

だけど、そうしてくれた彼が、珠莉は好きでたまらない。

彼と繋がる場所は、十二分に濡れそぼっている。彼自身の先端が当たるのを感じ、珠莉はキュッと目を閉じた。

それから身体の中を押し上げるような感じで、ゆっくりと入ってくる玲は、これ以上ないと思うほど珠莉の隘路《あいろ》を開いてくる。

「……っ！」

これまで全く経験がない珠莉の中に、熱くて大きな玲が入ってきたらそれは当然痛みを伴う。

「あ……痛、い」

珠莉の目から勝手に涙が流れてしまった。

無意識に、さらに先へと進もうとする玲の腕を掴む。

「もう、入んない……っ」

珠莉がそう言うと彼は、は、と息を吐き出した。

「入ったよ……ごめん、痛くして」

そう言って、玲は珠莉の前髪をかき分け、額にキスをしてくる。

確かな質量が珠莉の中をいっぱいに満たし、どくどくと脈打っているようだった。

「あ……」

痛みの中に、ズクッと身体を痺《しび》れさせたのは、きっと快感だ。さっき、散々玲に舐《な》められて、指で中を愛撫《あいぶ》された時と同じ感覚が来る。

「動くよ……」

玲が腰を遣い始める。ゆっくりと、彼のモノが抽送《ちゅうそう》を繰り返した。

もともと濡れていたソコは、彼の動きに合わせて水音を立てる。新たに珠莉の中から出た愛液が、肌を伝いシーツに滴《したた》り落ちていくのがわかった。

「玲……っ」

「少しは感じてる？　狭くなった」

玲が一番深いところを、押し上げるようにして自身を届かせてくる。

「んっ」

彼の熱い息遣いが聞こえた。腰を動かされるたびに、珠莉は引き攣《つ》るような痛みの中にも、お腹に疼《うず》きを感じて彼に手を伸ばした。

少しだけ目を開けると、彼はクスッと笑って、珠莉に覆いかぶさってくる。

「痛いだけじゃないなら、良かった」

玲の額に汗が滲《にじ》んでいる。珠莉の身体を抱きしめたまま、さらに珠莉を揺すり上げた。

「あ……っあん」

まるで、セックスしているような声が出た、と思ったがしているのだった。

初めて男性と身体を繋げ、その人がとてつもなく端整な顔をした、年上で人間力もある人なんて、普通はないことだ。

そんな人が、今珠莉と身体を繋げて、気持ちよさそうな顔をしている。

それを見ると珠莉はどうしようもなく自分の中が熱く、うねるように疼《うず》いてくるのだ。

「もう、さっきの……また、来る……っん！」

「……いいよ、何度でもイったらいい……俺も、イキそうだから」

彼が抽送《ちゅうそう》のピッチを上げた。

奥に届かせながら、硬くて大きいモノが珠莉の中を出入りし、濡れた音を立てる。

「あ……あぁっ……玲……っはぁ！」

勝手に腰が反《そ》り、珠莉は再び達した。

余韻に浸《ひた》る間もなく、彼が抽送《ちゅうそう》を繰り返すから苦しい。なのに、どうしようもなく気持ちがいい。

「や……っあ」

「珠莉、イク……っ」

彼の忙《せわ》しない息を聞きながら、珠莉はギュッと大きな身体を強く抱きしめる。

珠莉の最奥《さいおう》にグリッと押し入れたあと、彼は何度か小刻みに腰を揺らし、動きを止めた。

そのまま、しばらく珠莉に覆いかぶさったまま、忙《せわ》しない呼吸を整えていた玲は、少しして身体を起こす。

珠莉もまた自分の息が荒いことに気付き、セックスってこんなに息が切れるのかと思った。同時に、まだ硬さの残る彼のモノを身体の中に感じて、大きく息を吸った。

その際に見上げた玲は、髪を搔き上げた。

もともと色っぽい彼は、ますます色っぽくて、なんだか見てはいけないものを見ている気分だった。

玲はセックスをしたあと、こんな顔になるんだと思って、今まで彼が抱いた女性に嫉妬してしまう。

けれどそれと同じくらい、これからはその顔を珠莉だけに見せてほしいと思った。

もうずっと一緒にいたい、珠莉だけにしてほしい。

彼が好きすぎて、もう絶対に離れたくない。

「玲、好き」

珠莉が整わない息を吐き出しながら言うと、彼は珠莉の前髪をかき分け、額にキスをした。

「俺も君が好きだ」

こんなに素敵な彼の隣にいるためには、自分ももっと人として女として、成長していかなくてはいけない。

そう思いながら、彼が自身を抜いて避妊具を取り去るのを見ていた。

初めて見た欲情の証《あかし》に、珠莉は身体の奥が酷く疼《うず》くのだった。

☆

それから七年後。

珠莉は一度は別れてしまった彼と復縁した。

今度こそ、本当に結婚前提の付き合いで、珠莉は近々彼の家に引っ越すことになっている。荷物の整理を考えると今から頭が痛いのだが、それでも彼と一緒に住むために頑張りたいと思う。

それにしても、七年前を思い出せば思い出すほど、新卒で子供っぽかった珠莉は、ずいぶんと玲に迷惑をかけていたし呆れさせていたことだろう。

玲が作ってくれた簡単な朝ごはんを前に、彼を見つめる。

「ん？　どうした？　嫌いなものはないと思うけど」

簡単な野菜のソテーにトースト、目玉焼き、ウインナーが二本。フライパン一つでできるワンプレートの朝ごはんは見事だ。

「昨日、玲と、したでしょ？」

唐突な珠莉の言葉に、彼は椅子に座りながら、ああ、と少し目を泳がせた。した、というのはセックスのことだ。

玲の家に来て、普通に恋人だったら、そうなるのは当たり前だ。

「それが？」

彼はクスッと笑って、テーブルに置いてあった、コーヒーサーバーを手に取り珠莉と自分のカップにコーヒーを注《つ》いだ。

「玲と初めてした日のことを夢に見て。ちょっと、朝からドキドキした……。それって、昨日したからかなって思って」

玲はコーヒーを飲もうとした手を止めて、咳払いをした。

「そうかもしれないけど……君は意外とエッチだな」

「そんなことない！」

珠莉が即答すると可笑《おか》しそうに笑った。

「まぁ、でも俺もあの時のことは覚えてるよ。初めての君はとてつもなく可愛くて、暴走しそうになる自分の気持ちと、腰遣いを必死に抑えた覚えがある」

とてつもなく可愛い、ってなんだそれは……！　と思ってしまった。

「っていうか、あの時、玲、結構腰遣ってたと思う」

「かなり抑えてたけど？　何ヶ月も待った好きな人をやっと抱けたのに、相手は初めてだからね」

珠莉は絶対に顔が赤くなっているだろう。

居たたまれず、バターが塗ってあるトーストに噛《かじ》りつくと、彼の指先が頬に触れた。

「顔が赤い。そういうところ、君は変わらないな」

クスッと笑った彼に、珠莉は下唇を噛んで言った。

「あの時の玲は、とてつもなく色っぽくて、それで……私は嫉妬してた」

そう、彼に抱かれた別の女性に嫉妬していたのだ。

「だから内心、これからは私としかさせないって思ってたけど……七年前の私は、若くて子供で玲も呆れてたんじゃない？」

彼はウインナーを口に入れ、うん、と言った。

「そうだね。確かに君は、ちょっと面倒くさかったよね。でも、そんな君も好きだったから。それに俺も、あの時は、これからは珠莉だけだって思ってた」

あの時、彼も同じ気持ちだったのか、と少し心が軽くなった気がする。

「二十九で珠莉と出会って、少し遠回りはしたけど、やっぱり、俺には珠莉しかいないな」

サラッと言ってくれるけど、珠莉は勝手に心の中で悶《もだ》えた。

今でもイイ男で、色気があり、しかもエリートな彼が、珠莉しかいないと言ったのだ。

「嬉しいです、玲」

「どういたしまして」

にこりと笑った玲の笑顔は、昔と変わらずとても素敵だ。これからずっと、この人と一緒に生きていくのだと思うと、ただ幸せしかない。

「それから……珠莉は今も、とてつもなく可愛いと思うよ」

そんな彼に、なんて返せばいいかわからず、ただ、大きく深呼吸をする。

「玲も、ずっと素敵な人で、すごいな、って思ってる」

「ありがとう」

サラッと流された気がして、なんだか納得いかないけれど。

でも、これからは互いだけを見つめて、生きていきたい。

ずっと、この幸せが続きますように——

珠莉は心の底からそう願った。

EB エタニティ文庫

お見合い結婚から始まる恋！

エタニティ文庫・赤

エタニティ文庫・赤

完全版君が好きだから

井上美珠　　装丁イラスト／椿野イメリ

文庫本／定価 1540 円（10％税込）

堤《つつみ》美《み》佳《か》、二十九歳。職業、翻訳家兼小説家。このままひとりで生きていくのだと思っていた——。そんなとき、降って湧いたお見合いで、エリート育ちのイケメンＳＰ・三《み》ケ《か》嶋《しま》紫《し》峰《ほう》と出会って⁉『君が好きだから』『君が愛しいから』に、書き下ろし番外編を加えた完全保存版！

※エタニティブックスは大人の女性のための恋愛小説レーベルです。ロゴマークの色で性描写の有無を判断することができます（赤・一定以上の性描写あり、ロゼ・性描写あり、白・性描写なし）。

詳しくは公式サイトにてご確認ください。
https://eternity.alphapolis.co.jp/

この作品に対する皆様のご意見・ご感想をお待ちしております。

おハガキ・お手紙は以下の宛先にお送りください。

【宛先】

〒150-6019 東京都渋谷区恵比寿 4-20-3 恵比寿ｶﾞｰﾃﾞﾝﾌﾟﾚｲｽﾀﾜｰ 19F
（株）アルファポリス　書籍感想係

メールフォームでのご意見・ご感想は右のＱＲコードから、
あるいは以下のワードで検索をかけてください。

アルファポリス　書籍の感想　検索

ご感想はこちらから

君《きみ》に何度《なんど》も恋《こい》をする

井上美珠（いのうえ みじゅ）

2024年 10月 31日初版発行

編集－本山由美・大木 瞳
編集長－倉持真理
発行者－梶本雄介
発行所－株式会社アルファポリス
〒150-6019 東京都渋谷区恵比寿4-20-3 恵比寿ｶﾞｰﾃﾞﾝﾌﾟﾚｲｽﾀﾜｰ19F
TEL 03-6277-1601（営業） 03-6277-1602（編集）
URL https://www.alphapolis.co.jp/
発売元－株式会社星雲社（共同出版社・流通責任出版社）
〒112-0005 東京都文京区水道1-3-30
TEL 03-3868-3275
装丁イラスト－篁 ふみ
装丁デザイン－AFTERGLOW
（レーベルフォーマットデザイン－hive&co.,ltd.）
印刷－中央精版印刷株式会社

価格はカバーに表示されてあります。

落丁乱丁の場合はアルファポリスまでご連絡ください。

送料は小社負担でお取り替えします。


ISBN978-4-434-34656-9 C0093